太陽をなくした街

水原とほる

幻冬舎ルチル文庫

CONTENTS ✦目次✦

太陽をなくした街

✦カバーデザイン＝吉野知栄(CoCo.Design)
✦ブックデザイン＝まるか工房

イラスト・奈良千春✦

太陽をなくした街

◆◆

その街の朝は早いと聞いていた。情報どおり五時頃には人が集まりはじめて、六時過ぎには手配師がミニバンやワゴン車に乗ってやってくる。

「なぁ、九千円やで。どうや？　梅田《うめだ》やさかい近いやろ」

「高槻《たかつき》や。一万払うで」

「一万二千や。いけるか？　五人ほしいんや」

金額と場所らしき言葉が飛び交っている。あちらこちらで交渉していたかと思うと、あっという間に話がまとまってバスやワゴン車に乗ってこの場から消えていく。

今朝もまた呆然《ぼうぜん》とその場に立ち尽くし手馴《てな》れた交渉の様子を眺めていた七生《なお》だが、いきなり背後から近寄ってきた男が耳元で言った。

「兄ちゃん、初めてか？　なんや女みたいな顔したやっちゃなぁ。まぁ、ええわ。力はいらんさかい、八千で楽な仕事あるで。初心者でもオーケーや。けぇへんか？　もうあと一人しかワクないんや。はよ決めや。どないする？」

「あっ、お、俺はそうじゃなくて……」

慌てて首を横に振ると、男が舌打ち交じりに吐き捨てる。

「仕事選んどったらあかんでぇ。安全靴も履いてへん素人《しろうと》やろがっ。三日もしたらそっちから連れていってくれって頼むようになんねんで。それか、オカマでも掘らせて稼ぐんか？」

とんでもない言われようだが、七生はここに仕事を探しにきたわけではない。関西一のドヤ街にやってきたのは、ある人物を探すためだった。だが、あまりの人の多さに圧倒されるばかりでなく、周囲では聞きなれない関西弁が飛び交っていて、まるで異国にきてしまったような気分だ。

こんなカオスのような場所で、目的の人物を見つけることができるのだろうか。今日で三日目とはいえ、七生が打ちのめされるには充分な光景だった。だが、やるしかない。これまで費やしてきた多くの時間と少なくない金は、すべてある目的のためだ。そして、その目的を達成するためには、どうしてもあの男の力が必要なのだ。

七生は気をしっかり持たなければとグッと力を込めて拳《こぶし》を握る。作業服に安全靴、首にタオルを引っかけて、あちらこちらで今日の仕事の交渉を続けている男たちの間から怒鳴り声が響いたのはそのときだった。小さな人の輪ができているところをみると、何か揉《も》め事が起こっているらしい。

足を止めてその揉め事をニヤニヤと笑いながら眺めている連中もいるが、それよりもこの時間は手配師とのやりとりのほうが重要なのだ。ほとんどの男たちはすぐにその場から散っていく。

人の集まっているところにはあの男がいるかもしれない。そう思うと、七生の足は自然とそちらに向いていた。

「そやかて、こないだも帰りの電車賃もくれへんかったし、いつもやがな。もう騙《だま》されへんでっ」

「アホかっ。何が交通費じゃ。何様や思とんねん？　それ以上ゴネとったらトンコかましたてボウシンに言うてまうぞ。あいつらに捕まってみぃ。クンロクかまされて、明日から仕事もへったくれもないでぇ」

何やら謎の言葉が飛び交っているが、仕事を探している男は交通費の請求をしているらしく、手配師のほうはそれを払うまいとなんらかの脅しをかけているようだ。またしてもこの街のカオスぶりを目の当《ま》たりにしてしばし呆然としていると、揉めている二人の間に別の男が割り込んできた。

他の連中と変わらない灰色の作業服に安全靴を身につけているが、遠目で見ても誰よりもたくましい体躯《たいく》と長身だ。すっかり伸びきった癖のある剛毛を後ろにかき上げ、額にタオルを巻きつけているせいか太い眉《まゆ》と眦《まなじり》のきつさがより目立つ。太陽の下での現場仕事で焼かれた肌は浅黒く、発せられた声は周囲を圧倒するように低く太かった。

「なんだ？　また揉めてんのか？　フクさんよ、何がどうしたって？」

「ちょっと聞いてくれや。こいつら人を箕面《みのお》まで連れていって、帰りは放り出すんやで。帰ってくるだけで一枚飛ぶやんけ。それ分きっちり上乗せせぇゆうてんのや。そやのに、とりあえずバス乗れぇ、乗れぇって……」

「そやから、その分日当に少しばかり色つけてるやろっ。いちいち文句垂れるなや。他にも人はおんねんで」

揉め事に分け入った男に向かってそれぞれの言い分を話すが、男は両方に睨《にら》みをきかすと言った。

「フクさん、仕事がほしいなら黙ってワゴンに乗れ。俺らは現場で働いてなんぼだ。向こうはあんたが必要だって言ってんだから、行ってやれよ」

「そやかて……」

まだ文句を言いかけた「フクさん」とやらだが、男の一瞥《いちべつ》でまるで蛇に睨まれた蛙《かえる》のようにすごすごとバスに乗りにいく。そのあとに男は手配師に向かって言う。

「交通費の全額とは言わん。半分くらい払ってやれよ。どうしてもフクさんに頼みたい仕事があるんだろうが。誰でもいい現場なら、黙ってそのへんにいる他のを拾っていけ。それから、下手にボウシン呼ぶなよ。あんまり無茶をするようなら、こっちも一発起こしてやってもいいんだぞ。二、三日くらいなら俺らは喰《く》わずに生きていけるが、現場が止まれば首が絞まるのはあんたらのほうだ」

こちらにもまた睨みをきかせている男に向かって、手配師がすっかり髪の少なくなっている頭をかくと溜息《ためいき》交じりに呟《つぶや》く。

「ほんま、アズマさんには敵《かな》わんで……」

ポカンと立ち尽くして眺めていたのは七生だけで、他の連中はその様子を横目にそれぞれの交渉を終えて散り散りにドヤ街を去っていく。

だが次の瞬間、たった今耳にした名前が七生の脳裏で漢字になって浮かんだ。「アズマ」と呼ばれた男は自分も手配師と話を終えて、ちょうどミニバンに乗り込もうとしていた。その後ろ姿を追いかけて七生が声をかける。

「アズマさんっ。あの、吾妻《あずま》さんですか……？」

それは珍しい名前でもない。だが、この数年間ずっと七生の頭の中にあった名前だ。

呼ばれた男が振り返った。七生と視線が合ったものの、次の瞬間には車のスライドドアが目の前で勢いよく閉められた。

「待ってっ、待ってくださいっ」

叫ぶ七生を残して、車はその場を走り出した。

きっとあの男に違いない。彼の顔を正面から見たときの印象は、七生の記憶に刻まれた十年前の写真と同じだった。髪型や服装や漂う雰囲気は変わっていても、その瞳《ひとみ》の奥にある独特の輝きが彼だと知らしめていた。

（やっと見つけた……）

七生は興奮を隠しきれず両の手で拳を強く握りながら、ミニバンが混沌《こんとん》とした街から去ってからもなおそこに立ち尽くすのだった。

あれからというもの、二週間この街に通い続けた。

早朝には手配師と仕事を探す日雇いの連中の間を縫って歩き回り、夕刻からは仕事を終えて戻ってきた連中に聞き込みをして回った。この街の雰囲気にはだいぶ慣れたが、あの日に見かけた目的の男は見つからない。

誰に聞いても返ってくる答えは同じで、「知らん」の一言だ。ただし、日本中から人が集まっているここではさまざま訛《なま》りや方言で突っぱねるような答えが返ってくる。

人がここに集まってくるのは、ここにしか居場所がないからだ。犯罪と貧困と死が常に隣り合わせにあってもなお、この街で生きていくしかない人々が集う。なんらかの理由で社会からはみ出した人間が、己を隠して生きていくにはここ以上に最適な場所はない。探られたくない過去があるから人の過去も探ることはしない。それ故に、誰の口も一様に堅い。

「兄ちゃん、またきてんのか。今日はちゃんと安全靴も履いとるのに、仕事見つかれへんのか？」

「そやから言うたやんけ。選んどったらあかんって。そんな顔してんねんから、力仕事やのうてホストでもやれや」

さすがに二週間もいると馴染みの顔ができてくる。それでなくても、この街にそぐわない格好の七生は目立つのだ。安物の安全靴を買って履き、こざっぱりした学生風の服装はできるだけ地味なTシャツやトレーナーに変えた。少しばかり茶色がかった癖っ毛は地毛なのだが、それも女性的な印象を与えがちなので、急遽用意した黒いキャップを目深に被《かぶ》るようにしていた。ただし、顔の造りだけは変えようもない。

それなりに整っていると思うのは自意識過剰ではなく、初対面の人から必ず一番にそのことを指摘されるからだ。ただし、男として魅力的なのかと言われれば微妙なこともわかっている。色白で女顔なのは母親に似たせいだった。

中学までは私服で歩いているとたびたび女の子と間違われて声をかけられた。高校に入ってからは身長が伸びて骨格がしっかりしてきたせいもあって、周囲からもきちんと男だと認識してもらえるようになった。ただ、女顔なのは変わらないし、そっちの人からの誘いは多かった。

いくら骨格がしっかりしてきたといっても、肉体労働者ばかりの街の中ではあまりにも華《きゃ》奢《しゃ》だし、どうしても服装や雰囲気が素人くさいのは否めない。なので、近頃では「変な兄ちゃんがうろついてる」とドヤ街で噂になっているらしい。「変な兄ちゃん」呼ばわりには内心苦笑が漏れるが、確かにここでは自分のほうが異端なのだとわかっている。

「あの、アズマさんは最近きてないんですか？」

「なんや？　アズマさんの知り合いか？」

「いえ、知り合いというか……」

　この街では特定の人物を探しているとわかると、周囲から一気に警戒されてしまう。警察関係の者かもしれないと疑われるからだ。

　互いの身元は探らず、特定の人物を探しているとわかれば極力無関係なふりをする。それがここでの暗黙のルールなのは七生ももう理解していたが、あの日にそれらしき男を見かけてから二週間が過ぎていた。

　その後彼の姿が忽然《こつぜん》と街から消えてしまい、七生は焦っていた。だが、特定の名前を出した途端に誰もが逃げ腰になって散っていく。一人取り残されて、今日もまた一日が徒労に終わるのかと思ったときだった。

「俺になんか用か？」

　ハッとして振り返ると、そこには二週間前に見たあの巨体が立っていた。同時に、久しぶりに聞く標準語にホッとする。七生が探している男は横浜出身で、十年前までは東京にいた。二週間前に見かけたときも今も標準語に近い言葉を話しているのを確認して、やっぱり彼が目的の人物であると確信を持つ。

「アズマさんですよね？　吾妻光一《こういち》さん……？」

もしかしたら、あっさりと否定されてしまうかもしれないと思っていた。ここでは己を偽ることは当たり前なのだから。だが、彼は七生の姿を頭から足の先まで見下ろし、不敵な笑みを漏らして開き直ったように答える。

「確かに、俺はここじゃ『アズマ』と呼ばれてはいるがな。おまえの探している人間かどうかは知らん」

認めてはくれたが、すっ惚《とぼ》けた返事だ。七生は真剣な顔で彼のそばに歩み寄ると言った。

「あなたに間違いない。風体はずいぶん変わっていますが、よく見れば、その昔新聞に載っていた写真と同じ顔ですから」

「俺の顔が世間を賑《にぎ》わせたのはもう十年も前だ。その頃の顔をまだ覚えている奴がいるとはね」

「覚えていますよ。夢に見るくらいその写真の顔を脳裏に焼きつけましたから」

そこまで言うと、二人の間でしばし沈黙が流れた。七生の目はしっかりと吾妻を見据えているが、視線を合わせながらも吾妻の目は七生を映しているような気がしない。彼の視線はどこか遠い記憶をさまよっているようにも思えた。

気がつけば思いのほか緊張していた七生は、手のひらの汗をジーンズの尻でぬぐい、小さな深呼吸とともに口腔の唾液《だえき》を嚥下《えんか》した。目の前に立つ男の威圧感は相当なものだった。人と向き合っているだけで、ここまで圧倒された経験はない。だが、彼は普通の男とは違うのだ。

「なんの用か知らんが、俺には用はない。この数週間、俺のことを嗅《か》ぎまわっているらしいが失《う》せろ」

吾妻はそれだけ言うときびすを返して七生の前から去っていこうとする。

「待ってっ。待ってくださいっ」

七生は当然のことながら必死で追い縋《すが》った。目的の人物だと分かって彼を逃すわけにはいかないのだ。だが、吾妻は足を止めることもなく、すぐ先に停まっていたワゴン車に乗り込もうとしていた。それを追いかけていくと、手配師が七生に声をかける。

「おい、兄ちゃんも仕事がほしいんか？」

「えっ、えっと、そ、そうです。お願いしますっ」

仕事がほしいわけではなかったが、吾妻が行く現場についていけば話ができると思ったのだ。この間のように目の前でワゴン車のドアを閉められ、去っていく彼を見送って歯嚙《はが》みをしたくはない。そんな七生の必死の思いが通じたのかどうかはともかく、手配師が片手を面倒そうに振ってワゴン車の中へと促した。

「よっしゃ。最後の一人や。はよ乗れ」

「あ、ありがとうございます」

七生が乗り込んでドアのそばのシートに座ろうとすると、ワゴン車の中で一番後ろに腕組みをしながら座っていた吾妻がチッとあからさまに舌打ちをしていた。

とりあえず、これで今日一日は吾妻を見失うことなく一緒にいることができる。七生にしてみれば上出来の朝だった。


「兄ちゃん、現場は初めてか？　そんなんで午後から持つんか？」

九時前に現場に到着して、その場で簡単な「安全講習」というものを受けさせられた。現場で一番大切なことは安全であるということをお題目のように唱えて、作業は九時ちょうどから始まる。

同じ現場に連れられてきた中にはかなり年配の人も交じっていたが、一番若い七生だけが昼休みにはすっかり息が上がっていた。正直、肉体労働を嘗《な》めていた。というか、そもそも肉体労働をしたことがないのにいきなりスコップを渡されて、土砂をひたすらかき出す作業を延々三時間続ければ、足腰が震えて息が上がるのも無理はない話だった。

おまけに、梅雨の晴れ間のこの暑さだ。屋外の現場には影を作ってくれるものは何もなく、顔を上げるたびに額から汗が流れ落ちてくるのがとんでもなく不快だった。

（こ、こんなつもりじゃなかったけど……）

同じワゴン車に乗せられてきた人たちがそれぞれ昼飯を食べている横で、七生は現場の隅に積み上げられた足場用のステップにぐったりともたれているだけだった。けれど、こんなことをしている場合ではない。あの男を見つけて話さなければならないことがある。

よろめきながらも立ち上がろうとすると、そこへ一人の男がやってきて七生に菓子パンの袋を一つ投げて寄こした。

「おい、小僧、それでも喰っておけ。でないと、午後から倒れるぞ」

ハッとして顔を上げると、そこには吾妻が立っていた。

「よ、よかった。探しにいくところだったんです。あ、あの、俺の話を……」

そうは言ったものの、今は情けないことに声もちゃんと出ない。それでも、この機会を逃すわけにはいかないのだ。

「俺の話を聞いてください。お願いし……」

言葉の途中で吾妻にパンの袋を口に押しつけられた。

「喰ってからな」

「た、食べたら聞いてくれますか？」

かなり悲愴《ひそう》な問いかけだったのだろう。吾妻は苦笑を漏らして頷《うなず》くと、七生の隣に腰を下ろす。とりあえず、彼が自分のそばにいるとわかって安心したこともあり、七生はパンの袋を破ってそれにかじりついた。

コンビニで売っている安いクリームパンだった。でも、まるで天国の食べ物のように甘く美味《おい》しかった。夢中で七生がそれを頬張《ほおば》っていると、吾妻が隣からペットボトルのお茶を出してくる。それも一気に半分ほど飲むと、ようやく一息ついて吾妻のほうを見た。

「この二週間ほど見かけませんでしたが、どこへ行ってたんですか？」

「ああ、ちょっと山奥でカンヅメだ。日当がよかったんでな」

聞けば、関西の山奥の砕石場に二週間詰めて作業をしていたらしい。カンヅメで入る場合ドヤに戻ってくることも逃げ出すこともできない場所だけにきつい仕事が多いらしいが、その分日当がいいので好んで出向く者もいるそうだ。

「金に困っているんですか？」

「ドヤ暮らしで金に困っていない奴がいると思ってんのか？」

愚問だったと思ったが、吾妻もまた当然のように金に困っているわけだ。

「二週間もカンヅメじゃきついですよね？」

「金になりゃなんでもやるさ」

それは、金があればこんな生活から抜け出したいと思っているということだろうか。それが何よりも吾妻について知りたいことだった。

「じゃ、金になる話が……」

そんな話があれば乗ってくれるかどうかたずねようとしたとき、昼休みは終わりだと声がかかり、サイレンが現場に鳴り響く。

「さてと、もう一働きするか。おい、熱中症にならねぇように塩を嘗めて水分を充分摂《と》っておけよ」

それだけ言うと、吾妻はさっさと立ち上がって行ってしまう。慌てて七生が吾妻を呼び止めようとしたが、彼は振り返ることもなく持ち場に行ってしまったし、七生自身もまたシャベルを渡されて土砂の溜《た》まった穴の中へと放り込まれてしまった。

午後は何度かの休憩を挟んだものの、五時の作業終了のサイレンが鳴る頃にはもう立っているのが精一杯だった。隣にいた男にシャベルを取り上げられて、ようやく一日の作業が終わったことに気づいたくらいだ。

その日の賃金を渡されて現場を出たら、ワゴン車に乗せられてやってきた連中は散り散りに去っていく。その足で飲みにいくものもいれば、電車賃を節約して今夜の宿まで歩いて帰る者もいる。七生はふらふらになりながら現場を囲うフェンスから出たところで、ハッとここへきた目的を思い出す。

慌てて吾妻を探すが彼の姿はもうどこにもなかった。なんのために慣れない肉体労働で一日を潰《つぶ》したのかわからない。日銭を稼ぐためにドヤ街に潜り込んでいたわけではないのだ。

「あ、あの吾妻さんは？　吾妻さんを見ませんでしたかっ？」

すぐ先を歩いている同じ現場にいた男をつかまえて七生が訊《き》いた。男はもらったばかりの金を作業ズボンのポケットに押し込みながら振り返ると、胡散臭《うさんくさ》そうに七生を見る。

「知るか。飲みいったんちゃうんか。それに、どうせ夜にはドヤに戻って『めぐみ荘』におるやろ」

「そ、そうですか。どうも……」

七生は落胆して飲み屋街に消えていく男を見送るしかなかった。だが、今の男がいい情報をくれた。吾妻のドヤ街での定宿は「めぐみ荘」というところらしい。

その夜は一度ホテルに戻ってシャワーを浴び、着替えをすませるとまたドヤ街に戻ってきた。途中で日本酒の一升瓶《いっしょうびん》を買う。今日の日当のほとんどを使ったから悪い酒ではないはずだ。

それを紙袋に入れて隠し持つようにしながらドヤ街の中を歩く。吾妻が定宿にしている「めぐみ荘」は、駅の南側にある小学校裏に建つ簡易宿泊所だった。

入り口で三階建ての建物を見上げると、築年数は軽く三十年を超えているのは一目瞭然《いちもくりょうぜん》で、表に出ている看板の「一泊500円から」という文字もすっかり色褪《いろあ》せている。おそらく、今の相場はもっと上がっていて、いくらなんでもワンコインの宿泊は無理だろう。

玄関を入って受付という文字の書かれた板が貼り付けられた小窓の奥には、年配の男性が黙って宙を見つめたまま座っていた。瞬《まばた》きさえしていないので一瞬人形が置いてあるのかと思ったが、その老人がチラリと七生に視線をくれたのでハッとした。

「泊まりか？　今日はいっぱいや」

小窓のガラス戸が引かれ、老人がわずかに顔を突き出したかと思うと言った。その一連の動きさえ、機械仕かけの古いロボットのようだった。

「いえ、宿泊客の吾妻さんに会いたいんですが……」

吾妻の名前を出した途端、老人はすぐに顔を引っ込めてガラス戸を閉めてしまった。だが、七生ももうこの街をうろつくようになって二週間になる。これくらいで驚くことはない。

小窓のそばまで近づくとガラス戸を軽く拳で叩いてから、紙袋から出した一升瓶とは別の日本酒の小瓶を見せる。すると、おもしろいようにまた戸が開いて、驚くべき速さで老人の手がその小瓶を奪い取った。

「アズマさんやったら、二階の三号室や」

その一言で充分だった。七生は小さく頭を下げて二階へ向かう。安全靴で上がる階段は古い木造で、七生の体重でさえギシギシと音を立てる。安普請というだけでなく、おそらく消防法にも違反している建物なのだろう。二階の廊下の幅も狭い。人が二人すれ違うには体を斜めにしなければならないほどだ。三号室は奥から二つめだった。

木製のドアの真ん中には小さなすりガラスの小窓がある。もちろん、中は見えないが物音はするし人の気配もしている。七生が軽くノックするが返事はない。名前を呼んでみても無言だ。さらに二度、三度名前を呼ぶ。すると、いきなり目の前の扉が勢いよく開いた。

「うるせぇんだよっ」

すでに酒臭い息でそう怒鳴られた。だが、吾妻がいて七生はホッとしていた。と同時に、今度ばかりはもう絶対に逃がすまいと決めていた。最初は車まで行って目の前でドアを閉められた。今日は一緒の現場に潜り込み、昼のパンまでもらっておきながら、作業が終了するとともに声をかける間もなく姿を見失ってしまった。

だが、こうして部屋までやってきたかぎりはもう逃げられることはない。七生は怒鳴られても怯《ひる》むことなく、彼の目の前に一升瓶を差し出した。

「昼のクリームパンのお礼です」

部屋にまで押しかけられてひどく不機嫌そうな顔でこちらを睨みつけていた吾妻だが、酒瓶を見て急に口元を片方だけ持ち上げて不敵に笑ってみせる。それを素早く七生の手から奪い取ったが、七生もちゃんと彼の次の行動を予測していた。

酒だけ奪ってさっさとドアを閉めようとする前に、素早く体を半分部屋の中に押し込んだ。ドアを閉められないようにした七生を見て吾妻が舌打ちをしたが、諦《あきら》めたように軽く顎《あご》をしゃくって部屋に入れと合図をして寄こした。

七生は内心「よしっ」と拳を握っていた。これでようやく吾妻と話ができる。部屋の中に入ると、そこはうなぎの寝床などという表現では足りない狭さだった。畳が三畳。そこの片隅に布団が三つ折りにされて置かれている。

「どうだ。いい部屋だろう。ここはテレビがあるから他の部屋より少しばかり割高なんだぞ」

「なかなか事足りた部屋で……」

それ以上の言葉もない。だが、七生の言葉など吾妻は聞いていない。この何もない部屋のどこからともなく取り出した湯のみ茶碗に酒を注ぎ、一人で飲みはじめる。そして、口元を手の甲でぐっと拭《ぬぐ》いながら「うまい」と渋い声で漏らす。

「探しました。元自衛官で、射撃で五輪代表候補にもなった吾妻光一さんで間違いないですよね？」

「だったら、なんだ？　こんな場末の街まで追いかけてくるなんざ、俺の首に賞金でもかかってんのか？」

「賞金はかかってませんが、場合によっては礼金はお支払いしようと思っています」

「礼金？　なんのだ？」

湯のみ茶碗で二杯目の酒を飲み干した吾妻がギロリとこちらを睨む。だが、彼のきつい視線にもだんだんと慣れてきた。ドヤ街で最初に彼を見かけたのはちょうど喧嘩の仲裁をしているときで、その視線だけで相手を威圧し、逆らう者がいたら薄汚れた地面に叩き伏せそうに思えた。

今は酒が入っているせいもあるだろうが、少しばかり彼にも気の緩みが見えた。七生にしてみれば、あまり酔っていてもらっても困るのだが、今がちょうど頃合なのだろう。

「あなたに頼みたいことがあります。あなたにしかできないことなんです。だから、なんとしても引き受けてもらいたい」

「おやおや、おまえ手配師だったのかよ？」

つまらない冗談につき合っている暇はない。何かのタイミングで彼の機嫌を損ねて部屋から追い出されては困るのだ。

「俺が頼みたいのは現場仕事じゃありません。単刀直入に言います。あなたの射撃の腕を買いたい。始末してもらいたい人間が二人いるんです」

沈黙が流れて、湯のみ茶碗に注いだ酒を一気に飲み干した吾妻だが、次の瞬間なぜか大笑いを始めた。よく通る声で、狭い部屋に響き渡る。壁の薄い部屋だから隣にも筒抜けだったのだろう。いきなり壁が叩かれて苦情がきたが、吾妻が反対に壁を蹴《け》り飛ばして怒鳴ると向こうが沈黙した。

「馬鹿か。帰れ。酒は冗談につき合った駄賃でもらっておくぞ」

そんなに簡単に引き下がれるような話なら、最初からこの街までやってきていない。

「冗談でこんなところまで追いかけてきませんよ。俺は真剣です。金も用意しています」

そう言って七生は片手を開いて見せた。五本の指を立てている。さっきよりも声を潜めたのは、部屋の壁の薄さを意識してのことだ。もっとも、ここで怪しげな話をしていたところで誰も真剣に聞き耳など立てないだろうし、聞こえたところで明日の酒代に関係ない話なら聞き流してしまうような人間しかいないことはわかっている。

だが、直接話を聞かされている吾妻は違う。彼の目が鈍くて強い光を放つ。

「まさか、五百じゃねぇだろうな?」

「五千です」

鼻で笑っていた吾妻の顔が一瞬だけ引き締まった。五百なら笑い飛ばせるが、五千は現実味のある数字だ。だが、すぐに肩を竦《すく》めてまた酒を呷《あお》る。

「おまえ、俺をなんだと思って……」

「言ったとおりです。二人で五千万。この掃き溜めのような街から抜け出して、人生をやり直すためには足しになる金額じゃないですか?」

七生の言葉を聞いてもにわかに信じられないのは当然だろう。だから、七生は自分が洒落《しゃれ》や冗談で言っているのではないと伝えなければならなかった。

どんな言葉なら信じてもらえるか、もちろん吾妻を見つけたときの説得の言葉はいくとおりも考えていた。だが、たった今本人を目の前にしてみると、どんな言葉で話しても彼を説得できる気がしなくなっていた。

怯みそうになっている七生だったが、このときばかりは吾妻のほうから言葉を発した。

「まぁ、今の身分で偉そうなことは言えんが、ずいぶん足元を見て叩いてくるじゃねぇか。

日本じゃ二人やったら確実にアウトだぞ。わかってんのか？」

二人殺すと死刑というのは、日本の刑事裁判において量刑の一つの基準になっている。もちろん、例外もある。

「必要経費は払いますよ。それから、交通費も払います」

「笑えねぇよ」

交通費のくだりは七生自身も笑える冗談だとは思っていなかった。だが、五千と必要経費が用意できる精一杯なのだ。だから、七生は真っ直《ます》ぐに吾妻の目を見て言った。

「でも、俺は本気です」

沈黙は吾妻が七生の胸の内を探っているからだ。見せられるものならこの胸を開いて見せてやりたい。それで自分の本気がわかるなら、本当にそうしたいくらいだった。

揺るがない七生の視線に吾妻のほうがふと表情を和らげた。和らげたわけではないのかもしれないが、少なくとも七生がふざけているわけではないということだけはわかってくれたようだ。

「なんで俺だ？」

「だから、言ったとおり……」

言いかけたところで、吾妻が片手を上げて七生の言葉を止めた。そして、立ち上がると、顎をしゃくるようにして外に出ていこうとする。慌てて七生があとについていくと、二人は揃《そろ》って薄汚れた街へと出た。

梅雨明けも間もなくという夜の蒸し暑さに包まれて、まるで空気が体に張りついてくるようだった。どこへ行くのかとは問えなかった。だが、ついていくしかない。あるいは、彼が逃げ出そうとしても今夜はけっして逃がすつもりはない。

「おい、ここに入るぞ。支払いはおまえ持ちだ」

吾妻は逃げ出すことなく一軒の飲み屋ののれんを潜《くぐ》っていった。七生がついていくと、店の中にはまばらに客がいた。誰もつまみもとらず、コップ酒だけを黙々と呷っている。店の片隅には古いアナログ放送時代のテレビがあって、チューナーを外付けしているのか画面は案外きれいにプロ野球のナイターゲームを映していた。

吾妻は店の一番奥の席に陣取る。周囲に客はいない。七生も彼の向かいに座り、注文をとりにきた老婆に吾妻の分と二つ酒を頼んだ。ものの一分もしないうちにコップになみなみとつがれた酒がきて、二人の前に乱暴に置かれた。

吾妻がそれを一口飲んでいる間に老婆は店の奥へと引っ込んでしまう。ここならあの安宿よりも周囲を気にしなくてすむだろう。

「で、二人だって？　どこのどいつだ？」

「この写真の人物です。一人は松前正二郎《まつまえせいじろう》現警視庁副総監。もう一人は警察庁刑事局課長補佐の石垣雄治《いしがきゆうじ》」

七生はジャケットの内ポケットから取り出した二枚の顔写真をテーブルに置いた。

「どちらも警察関係かよ。厄介《やっかい》な話だな」

「ええ、厄介なんです。だから、あなたの腕が必要なんです」

「目的は？」

「復讐です」

そう言ってから、七生も乾いた口の中を湿らせるために一口酒を飲んだ。

「復讐ねぇ。国家権力になんの恨みだ？」

「人に説明しても納得してもらえない恨みです」

「ああ、なるほど。そういう恨みな……」

したり顔で吾妻が頷いたので、七生は少しだけ顔を突き出し小声で言った。

「そうです。あなたも国家権力への恨みはあるはずですよね？　隊の機密漏洩《ろうえい》の罪を着せられて免職になり、オリンピックの夢も消えたんでしょう？」

七生の言葉にコップを手にしていた吾妻の片方の眉が吊《つ》り上がったが、すぐにシニカルな笑みを浮かべて惚けてみせる。

「さてね。もう忘れたなぁ」

「俺は覚えていますよ。あれは少し調べれば素人の俺にもわかるような冤罪《えんざい》でした。それでも組織はそれを押し通したし、国も認めた」

「俺は不起訴だ」

「でも、社会的には抹殺された。だからこそ、この街にいるんじゃないですか？」

ここでまた二人が睨み合う格好になった。だが、七生は怯むどころかさらに身をテーブルの上に乗せるようにして彼の顔を見る。

「俺の父親もそうです。冤罪で逮捕されたあげく拘置所で自殺しました。いや、自殺させられた。実際はそれも違うと思います。自殺に見せかけて殺された。そして、父親だけでなく、母親もまた……」

七生は両親の無念を思い出すたびにこの胸が潰れそうになって、息をするのも苦しくなる。だが、吾妻にはすべてを話さなければならない。自分の復讐を成し遂げるためには、自分が味わってきた苦渋を彼にも理解してもらわなければならないのだ。

「酒が苦くなりそうだな」

「ええ、苦い酒を飲んでもらいます。でも、俺の奢《おご》りですから辛抱してもらいますよ」

吾妻が小さく舌打ちをした。彼の癖なのかもしれない。面倒な話ではある。だが、彼の今の状況もまた面倒のあげくなのだから、理解してくれるはずだと信じていた。

◆◆

世の中は理不尽なことで溢《あふ》れている。それくらいは誰だって、大人になるにつれ理解していくものだ。だが、小さな不公平や、ありきたりな不運ではすまされないことが世の中にはある。

「たとえて言うなら、人生のレールの上にいきなりできた大きな悪意の塊のような落とし穴です。それは落ちた者にしかわからない、恐るべき深く暗い穴だ。その黒より暗い闇《やみ》を見た人間が俺の父親であり、吾妻さん、あなたなんだと思っています」

そんな前置きを聞き流しながら、吾妻はコップ酒をすすることに専念している。七生は構わずに話を続けた。聞いてもらいたいのは、まずは十年前に亡くなった父親のことだ。七生は父親がいかにして国家権力に陥れられ、命を落としたかを静かな口調で淡々と語りだした。

「父は某大手新聞の国際部の記者をしていましたが、あるとき強盗の罪に問われたあげく拘置所で自殺した。そして、その事実にショックを受けた母もまたあとを追うように自宅で首を括《くく》りました」

そこまで聞いても吾妻は顔色一つ変えなかった。それればかりか、真面目な勤め人が血迷って事件を起こし、逮捕されてことの重大さに気づき自殺などという話は珍しくもないと笑い飛ばす。また、母親の自殺に関しても、世間の好奇の目に晒《さら》されることに耐えられなくなったなら発作的にそういうこともあるだろうと言い切った。

もしそれがすべて事実で、吾妻の言うとおりだとしたら七生も両親の死について納得せざるを得ないだろう。だが、七生はそうは思っていない。

「父は冤罪で逮捕され、拘置所で自殺に見せかけ殺された。母親は父親の残していたあるものの存在を知っていたため、それを隠滅しようとした連中に殺された。要するに、二人はともに『ある力』によって無念の死を強いられた。俺はその真実を突き止めたから、復讐を決めた。そして、あなたを探しにここまできたんです」

もちろん、そんな話を赤の他人が容易に信じてくれるわけもない。だが、吾妻ならそれを信じてくれるという確信があった。なぜなら、彼もまた「何者」か、もしくは「ある力」によって人生を大きく狂わされ、今となってはこの街で暮らす身になっているからだ。

このとき、七生は初めて吾妻に自己紹介をした。

「そういえば、まだ名前さえ言っていませんでしたね。俺は皆川《みながわ》七生といいます。現在は都内のK大学の大学院で心理学の勉強をしています」

主に犯罪心理学を中心に研究しており、その傍らで未解決事件を調べていることも話した。未解決事件といっても、七生が興味を持って調べるケースは犯人がつかまっていない事件ではない。世間的には決着がついているとみなされているものの、実際は極めて灰色の状態で封印された事件の数々だ。

この法治国家と思われている日本で、どれほどアンタッチャブルな事件が起こっているか、その事実を知れば誰でも戦慄《せんりつ》するだろう。ただし、これはあくまでも個人の研究でしかない。なぜなら、けっして表に出すことはできない事実ばかりを調べているから。そして、そんな中の一つが両親の事件であり、吾妻の事件である。

「吾妻さん、まずはあなたの事件ですが、十年前の機密漏洩事件で告訴された件について、あなたが機密漏洩の主犯というのは事実ではないはずだ。あなたは犯人を知っていて、むしろそれを糾弾する側にあったのではないですか？」

七生が調べたかぎり、当時三曹だった吾妻が知りえない情報までが漏洩している。あきらかに上層部の誰かがそれを行ったとしか考えられない。

ところが、上層部は機密漏洩の事実を隠蔽《いんぺい》するために、吾妻を策に嵌《は》めた。彼自身を機密を漏洩した主犯に仕立て上げて、組織から追い出したばかりか社会的にもその立場を抹殺したのだ。組織というものは、その中にいて守られる側にいればとても心強い盾になる。ところが、そこから排斥された途端、組織は自身を守るために吐き出した異端を徹底的に潰しにかかるのだ。

酒を飲みながら七生の話を聞いていた吾妻は、一瞬だけ鋭い眼光で宙を見つめた。だが、すぐに何もかもどうでもいいことのように酔った目をして自嘲的《じちょうてき》に笑う。

「よしんばそうであったからって、俺がいまさら世間に何を訴えようって気もないんだから、どうしようもないだろうが」

眼光の鋭さはすぐに消え失せ、吾妻はすっかり戦うことを諦めた狼《おおかみ》のように牙《きば》を隠してしまう。そして、また目の前の酒を呷る。

世の中は理不尽なものだと割り切って、何も気づかないふりで善良な一市民として生きていれば、この国くらい平和で幸せなところはない。だが、そうはできなかった七生の父や吾妻は、暗闇の中へと引きずり込まれた。吾妻が命まで落とさなかったのは幸いといっていいのかもしれない。

七生は両親の無念をこの十年の日々、一日も忘れることなく嚙み締めてきた。父親ばかりでなく母親までが命を落とし、復讐なくして自分の人生はもうあり得ない。両親の無念をなんらかの形で晴らさなければ、この先の人生をどう生きていけばいいのかわからないのだ。

そのために、七生には吾妻の力が必要だった。そして、これは吾妻自身にとっても、彼をこの世から抹殺した組織への復讐になるはず。つまりは、二人の利害は一致している。

「俺に協力してくれれば、世間に訴えずとも恨みは晴らせるでしょう。そして、まとまった金も手に入るということです。少しは考えてもらう余地はあるんじゃないかと思いますが、どうでしょうか?」

言葉は強気だが、七生の表情にはおそらく悲愴感が漂っていたと思う。彼に断られてはこの計画は成就しない。どうしても七生には彼の力が必要だったのだ。

考え込んでいる吾妻の表情もまた、さっきよりは少しばかり真剣味を帯びていた。考えていることはおおよそわかる。七生の言葉も無視しがたいが、彼は国家権力の恐ろしさを知っている。それに屈して世捨て人となった彼は、巨大な組織に逆らう無意味さを痛感しているのだ。違法な行為で積年の恨みを晴らし、まとまった金を手に入れて、自分の人生に未来があるか彼の頭脳は酒の酔いを押しのけるようにして計算しているのだろう。

やがて吾妻は大きな溜息を一つ漏らすと言った。

「とりあえず、おまえの父親の身に起きた真実ってやつを話してみろよ。ただし、そいつがそもそも筋の通らない話なら、今夜中にこの街から叩き出してやるからな」

そう言った吾妻に対し七生はしっかりと彼の目を見据えて頷いた。

「さっきも言ったとおり、俺の父親は新聞社で国際部の記者をしていました。外務省担当でしたが、部署柄世界中の支局からの情報にも精通していました。また、日本に駐在している外交官とのパイプもそれなりにあったようです」

そんな父親の記者人生にある日、小さな小石が投げ入れられた。

「きっかけは、同期で社会部に所属している記者と飲んだときのことだったようです。父の同期の彼は、当時世間を騒がせていたある殺人事件を追っていたんですが……」

「当時といえば、十年ほど前だろ。もしかして、あの事件か?」

吾妻がすぐにその事件を思いついたのも当然だろう。当時は本当に世間を震撼《しんかん》させた事件で、連日テレビや新聞で報道されて日本中が大騒ぎとなった事件なのだ。

「ご推察のとおり。通称『横浜ジャック』事件です」

それはまるで十九世紀のロンドンで起きた切り裂きジャック事件にも似た連続殺人事件だった。殺されたのは三人の女性。全員が夜の街で客を取っていた。

吾妻の機密漏洩が世間の記憶にあまり残っていないのは、一般社会には少々縁遠い話であったせいもあるが、当時はロンドンの「ジャック・ザ・リッパー」を彷彿《ほうふつ》させるとして「横浜ジャック」と名づけられた事件に世間の目は完全に奪われていたのだ。

「国際部の父親が追う事件ではありませんでした。だが、たまたま社会部にいる同期と酒を飲む機会があって、そのとき彼が調べている『横浜ジャック』の事件を詳しく聞くことになったんです」

警察もマスコミも、最初は単なる猟奇殺人としか考えていなかった。殺人のターゲットは決まっている。殺されたのはすべて売春を生業《なりわい》としている女性だった。街で立って外国人専門にしていた女性、クラブ勤めだが外にも得意客を持っていた女性。一人は素人だったが、毎晩のように現れる店でその夜の相手を見つけている女性だった。

また、殺害の方法も多くの類似点があり、すぐに同一の単独犯だと推定された。

「犯人は情事のあとに女性をナイフでめった刺しにして殺害し、被害者の所持品にはいっさい手をつけることなく逃亡しています。金銭目的でないことは明確で、快楽殺人の線で警察も捜査していた。新聞報道されていないものでも、現場に犯人の遺留品は少なくなかった。また、殺害に使われたナイフが極めて特殊なものではないかということは鑑識と監察医の共通した意見でした」

捜査線上には、一人目の女性に街で声をかけている怪しげな男が上がっていた。また、三人目の素人の女性と接触した店でも、彼女と話がまとまった男が一緒に出ていくところを確認されていた。

「二人目の女性のケースだけは情報が少なかったけれど、一人目と三人目の女性を誘った男性に関する目撃情報は、どちらも特徴がよく似ている。黒髪で黒い目の中肉中背で、頬骨が高く目が細い。日本人に見えたが外国人だったそうです。言葉にアジア系独特の訛りがあった」

それらの有力な情報や遺留品などがあったため、犯人の特定と検挙も時間の問題だろうと言われていた。にもかかわらず、なぜか犯人は捕まらなかった。

これは幸いなことと言ってもいいのだろうが、四人目の被害者が出ることはなかった。が、同時に警察の捜査も進まず、やがては世間の興味も薄れていった。そして、一年が過ぎる頃には特別捜査班も縮小され、迷宮入りの様相が濃くなってきた。

「俺の父親は当時、某国の在日領事が日本の警察と怪しげな癒着をしている事実を注視していました。領事といっても日本とは正式に国交を持たない国です。なので、それは組織としては連絡窓口的な存在なのですが、日本国内でかなりの力を持っていることは周知の事実です」

国の名前はあえて告げることはなかったが、吾妻はすでに察しているはずだ。なので、七生は話を進める。

「ご存知ですか？　新聞記者というのは『執拗《しつよう》さ』と『カン』でできているそうです。父も常に自分の周りにアンテナは高く広く張り巡らせていた。そこに引っかかってきたのが、以前に同期から聞いた殺人事件と某国を代表する組織と警察の癒着の噂でした」

逮捕に時間はかからないと誰もが考えていた事件なのに、捜査が遅々として進まないのは誰かが意図的に止めているのではないか。最初はそんなささやかな疑問だった。政治が絡む事件やあきらかに国益に反すると考えられるとき、往々にして揉み消される事件というものがある。

法治国家である日本とはいえ、自分たちが生きている日常のすぐ横には一枚のベールがあり、それをめくった向こうには平和に暮らす人々が知らないもう一つの現実がある。それは、善良な市民が知る必要のない現実といってもいいだろう。そこでは正義は正義ではなく、人の命の重さもこちら側とはまるで違っているのだ。

「この事件ですが、なぜ四人目の被害者が出なかったのかわかりますか？」

「犯人が死んだか、もしくは日本を出たからってことだろうな」

吾妻は間髪いれずに答えた。これまでの七生の話を聞いただけで、すぐにそう考えたのだから、さすがにカンがいい。

「快楽殺人を行うものは捕まるまで自分を止めることができない。なのに、四人目の被害者が出ない。吾妻さんの考えが一番妥当だと俺も思います。死んだのではなく、日本を脱出したのです。では、これだけの罪を犯しても疑われることなく国外に出ることができた人間は誰かということです」

密出国したわけでなかったら、それは外交特権を持っている人物だろう。外交特権でなくても、国家権力さえ手が出せない存在は確かにあるのだ。

奇《く》しくもときを同じくして、七生の父親が注視していた日本の警察と密な関係を持っている某国の代表が家族とともに帰国した。現在は十年の年月を経てあれから三人目の代表が赴任している。

「どうやらおまえの父親は面倒なものを探り当てちまったみたいだな」

吾妻の言うとおりだった。七生の父親が突き止めた事実。それは、例の連続殺人事件の犯人は、特徴からしてその帰国した某国代表の一人息子ということだった。

社会には探り出してはならない闇がある。だが、目をつぶっていることもまた義憤にかられる。異国の人間が外交特権を利用してこの国で殺人を犯し、罪に問われるでもなく帰国してしまった。それが、過失による致死ならまだしも、あきらかに猟奇的な快楽殺人である。

七生の父親はなんらかの形でこれを世間に発表しようとしていた。だが、それをされては困るのは、もはや母国へ戻った犯人だけではない。事件を意図的に隠蔽した日本の警察が何よりも困る。

世間の糾弾の矢面に立たされるばかりか、完全にその信頼を失墜し何人の首が飛ぶかわからない。また、某国寄りの政治家連中にも警察に圧力をかけたのではないかという疑いの目が向けられる。この真実は誰にとっても有益ではないばかりか、大きな国家のスキャンダルに繋《つな》がりかねない。

そして、七生の父親は邪魔者として始末されるべくして謀略に嵌められた。ある夜、知人と飲んで帰宅の途中、自宅近辺で自分を尾行している怪しげな人物に気づいた父親はわざと自宅への道を避けて隣町へ向かった。閑静な住宅街の一角に潜みその男を待ち伏せして取り押さえ、自分をつけ回している目的を聞き出すつもりだったのだ。

ところが、その夜男は忽然と姿を消し、父親も無事帰宅したものの、翌朝になっていきなり警察が自宅にやってきた。昨夜この近所で強盗事件があったというのでその聞き込みかと思いきや、警察はいきなり父親を事情聴取ということで連れだしたのだ。

その時点ではあくまでも任意の事情聴取であり、拒むこともできたのだ。だが、自分が犯人ではないことはすぐに証明されると考えていたし、記者として警察とのつき合い方はそれなりにわかっている父親は、むしろ署に行って昨夜の怪しい男について話そうと思っていたのだ。

「もちろん、母親もそのときはこれが今生の別れになるとは思っていませんでしたから、気丈に送り出していました。俺も学校へ行く前の時間だったので、母親と一緒に父を見送りました。週末には一緒に近くの山にキャンプに行く約束もしていたんです」

ところが、父は二度と生きて帰宅することはなかった。署に任意で出頭したはずなのに、いつの間にかやってもいない強盗事件の容疑者にされてしまい、拘置所で謎の自殺を遂げた。

身につけていたシャツをひも状にして首にかけ、片方を柵《さく》に縛りもう片方を己の手で引っ張ったことによる窒息死だったという。

「あり得ませんよね。拘置所内では定期的に見回りをしている。モニターの監視もある。脱いだシャツをひも状にして自分の首を絞められるかどうかも怪しい。不可能とは言いませんが、拘置所の中で見回りの目とモニター監視を盗んでそれができるかと言われれば、俺は限りなく不可能に近いと思います」

それに、父親は罪を苦にして自殺するような人間ではない。何より無罪を訴えていたし、もし万に一つも罪を犯していたとしたら、死ではなく法の裁きを受けることを選ぶ人間だった。

父親は自殺に見せかけて、殺されたのだと思う。もちろん、拘置所にいる人間を殺害できる者など限られている。内部の人間の犯行以外にないだろう。

それだけでも、当時十四歳だった七生には充分ショッキングな出来事だった。だが、事件はそれで終わらない。当然のことながら、夫の衝撃の死に妻である七生の母も大きく人生を変貌《へんぼう》させられた。夫の無罪を信じながらも、心ない周囲の視線に耐えなければならなかった。七生も学校で苛《いじ》めとまでは呼べないかもしれないが、陰で「犯罪者の子」という誹謗《ひぼう》や中傷は受けていた。母親を心配させたくなくてなんでもない顔をしていたが、彼女自身も近所の手のひらを返したような対応には弱りきった心をさらに傷つけられていただろう。

「けれど、母親は気持ちの強い人でしたから。父の遺品を整理しながら、何か夫の身の潔白を証明するものはないかと探していたようです。そして、そんな中に……」

母親はあるものを見つけた。父親が殺害されるきっかけになった例の事件の考察を書き記したノートだ。それを見つけた母親は、文字通り青ざめた顔で父親の書斎に立ち尽くしていた。七生が声をかけると、振り返って言ったのだ。

『お父さんはやっぱり無実だわ。これのせいで殺されたのかもしれない……』

小さくそう呟いたかと思うと、床に崩れ落ちて泣き出した。ノートを抱き締めている母親に駆け寄った七生だったが、そのときは問題のノートを見る勇気はなかった。母親はそれを父のデスクの鍵のかかる引き出しに保管して、これからのことを考えると言った。

「ですが、その翌日のことです。俺が学校から帰ってきて玄関の扉を開けると、そこには階段の手すりにかけたロープで首を吊っている母親の姿がありました」

さすがにこのときは吾妻もわずかに目を見開いてこちらを凝視していた。そして、咄嗟《とっさ》に彼が確認したのは、十四歳の少年が第一発見者であるということではなく、もっと別のことだった。

「おい、そのノートは？」

「お祭しのとおりですよ。なぜか鍵のかかった引き出しから忽然となくなっていました」

夫の死のショックで発作的に自殺を図ったと、警察は簡単に結論づけた。十四歳の少年がどれほど声高に「そんなはずはない」と叫んでも、聞き入れてもらえる話ではなかった。

「そうして俺の家庭は崩壊しました。実際は誰かの見えない手で崩壊させられたということです」

その後、未成年で一人残された七生は母親の弟に引き取られることになった。叔父《おじ》は四十前になっていたが独身で、都内の某大学で日本史を教えていた。七生のことは幼少の頃から可愛がっていてくれたので、喜んで養子として迎えてくれた。

「叔父の養子になり、俺は『皆川』の姓を名乗って新しい環境で生活を始めました。それでも、いつも心の片隅では両親の死について考えていた。叔父は何もかも終わったこととして、俺が健康でいて平穏な暮らしをすることが二人への供養になるのだと言い聞かしてきました。それはそうだと思ったときもあります。どんなに悔しくても、自分一人の力で何ができるわけでもない」

「まぁ、そうだろうな。叔父さんの言うことを聞いているのが賢明な生き方ってもんだ。それに、叔父さんは可愛い甥《おい》っ子まで……」

酒の酔いを忘れたような真面目な声で言いかけた吾妻だが、その先の言葉を呑《の》み込んだ。聞かなくてもわかる。「可愛い甥っ子まで殺されたら、叔父さんもやってられないだろう」と言いたかったに違いない。

「叔父の気持ちはわかります。この歳《とし》になるまで大事に育ててもらいました。経済的な負担だけでなく、精神的にもいつも支えてもらってきましたから」

それでも、七生は成長とともに自分のアイデンティティーについて考えざるを得なかった。不条理な現実と権力の構造の中で踏みにじられた両親の命。彼らの無念を晴らすこともできないまま、おめおめと生き延びる自分は、本当に生きる価値のある人間なのか。

「それで復讐を決めたってことか?」

「もちろん、きっかけはありました。大学で心理学を専攻し、院では主に犯罪心理学を研究しています。少年時代の経験がそういう方面への興味に繋がったことは否定しません。先ほども言ったように未解決というより、灰色の結論で封印された事件を調べているのも両親の死に関する新事実を突き止めたいという思いがあるからです。でも、真実は案外身近にありました」

それは、七生が叔父に引き取られて数年後のことだった。大学受験を控えていたある日、七生は叔父の書斎で気晴らしのための本を探していてふと金庫のドアが少し開いていることに気がついた。

デスクの下のその金庫は貴重品などを保管している小型の金庫だが、几帳面《きちょうめん》な叔父が鍵を閉め忘れるのは珍しい。七生は開いているドアを閉じておこうと思った。けれど、その奥にチラッと見えた古びたコピーの束に気がついた。

金庫に入れておくほど大切な書類ということは、叔父の研究にかかわることだろうか。それはちょっとした好奇心だった。だが、コピーを手に取ってその文字を見た途端、七生の体は激しく震えた。

「間違いなく亡くなった父親の字でした。ひどい癖字だったので、はっきりと覚えていたんです」

そして、その内容は父親が調べていた事件についての詳細。コピーではあったが資料や写真もすべて揃っていて、ダブルクリップで留められていた。

「父は万一のときのために叔父にもコピーを渡していたんです。叔父はそれを金庫の中に保管し、俺の目に触れないようにしていた。真実を知っても何もならない。無駄に苦しむだけだと思ったんでしょう」

だが、父の死の真実を知ってからというもの、七生の中で虚無と憤りが大波のようになって押し寄せてきた。ときにはその波に呑み込まれ息さえできなくなる。このまま生きていくわけにはいかない。

　これは戦いだ。復讐して自分が生き延びるか、このまま不条理に首を絞められ窒息して死ぬか。七生は復讐を選んだのだ。

　大学に入ってからというもの、七生の人生は学業の傍らひたすら復讐のための準備に費やされてきた。父親の残したノートのコピーのコピーを取り、それを元に独自に調査をした。その苦労と困難の顚末《てんまつ》は吾妻に語る気はない。だが、それによってようやく七生は復讐の相手を絞り込んだ。

　猟奇殺人を行った犯人についてはすでに出国しているし、彼をどうしようという気持ちはない。七生の復讐の相手は当時の捜査の指揮の全権を握っていた警視と、両親の殺害に直接かかわった刑事だった。

「それが、松前正二郎現警視庁副総監と警察庁課長補佐の石垣雄治ってことか」

「それを調べ上げるのには正直苦労しました。何度も根を上げそうになったけれど、ようやく確信を持てるところまで突き止めました。他にもかかわった人間がいるかもしれないが、この二人だけは確実に俺の両親の件に直接関与している」

　話を聞いてもなお吾妻は難しい顔をしたままだ。そして、長い沈黙のあとようやく口を開き七生にたずねた。彼の質問は二つ。用意しているという五千万はどこから調達したのか。復讐を終えたあと七生自身がどうするつもりなのかということだった。

「金は両親の保険金です。それから、復讐を終えれば俺は本来の自分の人生に戻るつもりです。『皆川』の姓ではなく元の『田神《たがみ》七生』に……」

「おまえ、元の苗字《みょうじ》は『田神』なのか？」

吾妻が少し驚いたように聞き返す。

「そうですが、何か？」

「おい、亡くなった父親は新聞記者だったと言ったな。もしかして、A社の田神真一《しんいち》氏か？」

「父をご存知なんですか？」

今度は七生が驚く番だった。

「いや、知っているというほどじゃないが面識はあった」

「本当ですか？　いつ？」

聞けば、父親が亡くなる一ヶ月ほど前のことだった。例の機密漏洩事件が起きて彼がA社の取材を受けたことがあった。そのとき、A社の廊下で吾妻は七生の父親にすれ違い様に声をかけられたというのだ。

「父はなんて？」

「おまえの父親は俺に向かって、『君はやってないだろう』と言った。なぜそう考えたのか、そしてなぜそれを俺に訊いたのかは知らん」

「で、あなたは父になんて答えたんですか？」

「何も。新聞記者に話すことなどないからな」

「今もそう思っていますか？」

「思っている。連中もまた多かれ少なかれ真実を隠蔽するのに加担している」

「でも、父は違った」

「そうだな。だから、殺されたんだよ」

「そうですね。だから、俺は復讐しなければならない。そのためにはあなたの腕が必要なんです」

相手は国家権力。警護がついた幹部と訓練を受けた刑事だ。七生の力では暗殺は物理的に難しい。そこで、二人を確実に消すためには吾妻の射撃の腕が必要になる。

「俺の話は以上です。あなたの返事を聞かせてもらいたい」

吾妻はしばし黙り込むと、いつしか空になっていたコップを持ち上げて店の奥にいる老婆にもう一杯注文する。すぐに運ばれてきたコップ酒を手にすると、まるで水でも飲むかのようにグイグイと一気に飲み干した。コップをテーブルに戻すと、吾妻は口元を手の甲でぐいっと拭《ぬぐ》いたずねる。

「計画は立ててんのか？　それとも、それも俺の役目か？」

それは引き受けるという意味に取ってもいいのだろうか。七生はここでわずかに緊張を緩め、自分もコップの酒をもう一口飲んで答える。

「計画は俺が立てます。もちろん、吾妻さんにも不都合な点がないか重々確認してもらうつもりです。下手を打って将来を塀《へい》の中で過ごして終わらせたくないのはお互い様ですから」

「経費はそっち持ちで腕を俺が提供するとして、得物はどうする？」

「それも俺が用意します」

「当てはあるのか？」

七生は黙って頷いた。

「それ以外に必要なものがあれば言ってください。自分でもかなり無理なお願いをしていることはわかっています。なので、できるかぎりのことはするつもりです」

話がまとまった確信を得て、七生の表情もようやく緩む。そんな七生の顔を見た吾妻だが、少し考える素ぶりをしたかと思うとなぜか淫靡《いんび》な笑みを浮かべてみせる。

「そうだな。とりあえず他にほしいとしたら……」

飲み屋の安っぽいテーブルの下に手を持っていったかと思うと、吾妻が唐突に自分の股間《こかん》を作業ズボンの上から握る。ぎょっとした七生だが、周囲の誰も気づいていないので吾妻はさらに大胆にそこを擦《こす》る仕草をしてみせる。

「おまえ、ちょっと一発やらせろよ」

「なっ、何を……」

「この街にいると、そうそうやれないんでね。溜まっててんだよ」

日銭を稼いで暮らしているのだから、女を買う金などあるわけもないだろう。それはわかるが、だからといって七生でそれを間に合わせることもないと思う。

「女を買う金くらい用立てますよ。今夜にでもどこかで……」

「女はいらん。女はもうやめた」

「やめたってどういうことですか?」

「言葉のとおりだ。理由は説明しねぇよ。面倒だからな。だから、おまえがやらせろ」

「い、いや、でも、俺は……」

七生は二十四になるし、当然ながらこれまでつき合った女性もいた。だが、男に抱かれたことはない。七生の顔を見るとそっちの人間だと思う人も少なくないのだが、実際はそういう経験はまったくなかった。

「俺が望むものはなんでも用意するんじゃなかったのか? 俺に手を汚させて、自分だけはおきれいなままでいようってか? そいつはちょっと虫がよすぎる話じゃないか?」

「俺はそんなつもりは……」

言い返そうとして気がついた。吾妻はどこまでの覚悟があるのか七生を試しているのだ。だったら、彼の要望に応えるしかない。この復讐のため、七生は六年余りの年月をかけてきた。ここで引き下がるわけにはいかなかった。人生をかけた目的を達成するためなら、この体くらいどうということもない。

「わ、わかりました。いいですよ」

七生はゴクリと口中に溜まった唾液を嚥下して頷いた。


「悪いな。風呂は入ってねぇから汗臭いだろうが、少しくらいは辛抱してもらわないとな」

口ではそうは言っているものの、まったく悪いとは思っていない態度だ。だが、七生にしてみれば、そんなことを気にするよりも、この部屋で本気でやるつもりなのかとそっちのほうを案じていた。さっきはちょっと大きな声を出しただけで隣から壁を叩かれた。そんな音が筒抜けの部屋でセックスをすることに抵抗があった。

まったくの初めての経験で、自分はとんでもない声を上げたりしないだろうか。そもそも男に抱かれるということが想像できない。その行為自体はわかっていても、どういう感覚のものかがわからない。ただ、本来とは違う目的で体の部分を使うのだから、それなりの苦痛は伴うのだろうということだけは想像できた。

薄汚れたドヤの簡易宿の部屋で、これ以上ないほど薄い布団の上に身を横たえる。昨日まで山奥の現場にいた吾妻は今日からまたこの部屋に入ったので、シーツは洗濯されたものをもらっていて七生が自らの手でそれを布団にかけた。

恋愛感情もなく、知り合って間もない男に抱かれる。そのための寝床を自分で作るというのはなんとも言えない気分だった。そして、身を横たえてみれば、緊張で蒸し暑さも忘れて体が小刻みに震える。開け放った窓からは網戸を通して温《ぬる》い風が流れ込んでいた。

「そんな面してんだから、一度や二度は男に抱かれたこともあるんだろう？」

「幸か不幸か、これまでそういう機会はありませんでした」

すると、吾妻は露骨に驚いた表情になった。嘘は言っていない。だが、信じてもらえないのも無理はなかった。その手の誤解はこれまで何度も受けてきたし、誘いも少なからずあった。

他人の性的指向について取り立てて偏見や嫌悪はないが、七生にはそういう趣味はなかっただけだ。ただし、自分がこういう立場になってみると戸惑いがないわけではない。

「まぁ、ちょっとばかり痛みはあるだろうが辛抱しろよ。慣れてくればおまえも楽しめるさ」

その言葉に一瞬いやな予感がした。もしかしてこの男は一度だけではなく、これから行動をともにしている間は七生を「女代わり」にしようと考えているのだろうか。それは勘弁してもらいたいところだが、今夜は何も言える立場にはない。

これが七生の覚悟を試すだけの芝居であったならと願ったけれど、吾妻は飲み屋からこの部屋に戻ってくる途中、コンビニに立ち寄ってコンドームと潤滑剤代わりにとハンドクリームを買い込んでいた。つまりは本気でやるということだ。

「そんなおきれいな顔をしていても女じゃない。そうそう優しくはしないぞ。それに、こっちは命がけの仕事を引き受けるんだ。少しくらいサービスしてもらわなきゃ割りが合わんしな」

そう言ったかと思うと、吾妻はさっさと自分の作業ズボンの前を開いて下着も下ろす。同性のものをこんなに間近に目にしたのは初めてだった。七生のものと同じ男性器でありながら、色も形もまるで違っている。赤黒く重量感のあるそれは雄の匂いを発していた。

「銜《くわ》えろよ。突っ込めるように充分硬くしておかないとな」

この行為も考えなかったわけではない。だが、いざ目の前に突き出されれば、そう簡単に口を開くこともできなかった。

「おい、やる気がないならこっちもやめるだけだぞ」

ここにきてすっかり吾妻のペースに持ち込まれてしまっていることに気づいたが、最初から無理を承知で頼んでいるのは自分のほうなのだ。七生は一度きつく目を閉じて自分に言い聞かせる。

(これもすべて復讐のためだから……)

そして、口を開き吾妻自身を銜え込む。見た目どおりの量感に口腔がいっぱいになってかなり苦しい。だが、ただ銜えていればいいというものではない。生まれつき軽く癖のついた柔らかめの髪を、吾妻の大きな手が「わかっているだろう」とばかりやんわりとつかむ。

七生は狭い口の中で懸命に舌を動かして、すでに膨張しきっていると思える吾妻自身を嘗める。だが、それは七生の舌の刺激でさらに大きさを増して、喉《のど》の奥まで突きそうになっていた。

「ぐぅ……っ、うう……っ」

呻《うめ》き声を漏らしながらも懸命に口での愛撫《あいぶ》を続ける。雄の匂いと同時に、吾妻の言っていたとおり彼の汗の匂いが七生の鼻孔をいっぱいにする。不思議だったが本来ならたまらなく不快なはずの他人の汗の匂いが、吾妻のものはあまり気にならなかった。

容貌や肌感覚や声や体臭など人によってそれぞれ特徴はあるが、七生にかぎらず誰にでも生理的に受けつけやすい相手とそうでない相手がいると思う。これは運がよかったといえるのかもしれないが、吾妻という男は七生にとって前者だった。

一日現場仕事をして、酒を飲んで薄汚れた部屋で寝泊まりしている男のものを銜えている。現実とは思えないが、この感触も暑さも匂いも息遣いもすべてが今の七生にとっての現実だった。

「あんまりうまくねぇところをみると、どうやら初めてってのは本当らしいな」

どのくらい彼のものを銜えていたかわからないが、七生にとってはひどく長く感じられる時間だった。ようやく口からそれを引き抜かれたときはホッとしたが、吾妻が物足りない様子なのは見てわかった。そして、もちろんこれからが本番なのだ。

「後ろも使ったことがねぇんだよな。慣らしてほしいか？　それとも自分でするか？」

買ってきたばかりのコンドームの袋を一つ破り、中のものを取り出す前にたずねる。吾妻にそれをされるのも屈辱的な気がするが、彼の前で自ら後ろを解《ほぐ》す行為も相当恥ずかしい。だが、そのどちらかの選択しかないなら自分でするほうを選ぶ。

七生はコンドームの袋を吾妻の手から取り、中身を出して自分の人差し指と中指にはめてその手を背中に回した。おもしろがって見ている吾妻の視線から逃れることはできない。だったら開き直るだけだ。

「んん……っ、くっ、うう……っ」

後ろに回した指をゆっくりと探るようにして窄《すぼ》まりに押し込んだ。もちろん、初めての経験だ。ものすごく奇妙な感覚だった。ただ想像していたような痛みはなくて、感じるのはかなりの圧迫感で、きつく閉じているところを無理やりこじ開ける抵抗感だった。

「女みたいな顔した男がてめぇのケツを慣らしているってのは、案外おもしろい眺めだな。なかなかそそるじゃねぇか」

そう言いながら吾妻は自分の股間を握り、そのそそり立つような高ぶりを隠そうともしない。七生は生まれて初めて味わう惨めさと屈辱にまみれながらも、こんなことで挫《くじ》けるつもりはなかった。

「よし、そろそろいいんじゃねぇか。四つん這《ば》いになってケツを上げろよ。俺が突っ込みやすいように自分の手で尻を割りな」

これ以上ないくらい欲望だけをむき出しにした言葉だった。七生は素直にそれに従う。こんな無防備な姿を人に晒すことに怯《おび》えを感じないわけがない。体はさっきよりもはっきりと震えていた。それなのに、吾妻が背後から覆い被さってきて彼の手が自分の股間に回ってきた瞬間、言葉にならない淫《みだ》らな思いが込み上げてくるのを感じた。

（あっ、な、なんで……？）

自分でもわからないのに、吾妻がその困惑をさらに煽《あお》るようなことを言う。

「勃ってんじゃねぇか。こういうのも好きらしいな。上品な顔している奴ほど淫らな体をしてるってのは、見当違いな話でもないようだ」

そんなことはないと首を横に振りたかったが、もう微塵《みじん》も余裕はなかった。吾妻の手が七生の股間を握ってゆるゆると擦るので、たまらずシーツを握り締めて声を殺さなければならなかった。隣の部屋の人に自分の淫らな声を聞かれるのは、さすがにみっともなくて耐えられない。

だが、そんな七生の辛抱をあざ笑うように吾妻がまだ羽織っていた作業着の上着も脱ぎ捨て、彼自身を後ろの窄まりに押し当ててくる。先端が触れただけでビクリと体が緊張に痙攣《けいれん》する。そのとき、浅黒く日焼けしたたくましい体が七生の全身を覆うように包み込んだ。

奇妙なことだが、その一瞬七生は恐怖や困惑だけでないわずかな安堵《あんど》を感じていた。どういうわけか、この大きな体が自分を守ってくれるような錯覚に陥ったのだ。だが、それはやっぱり錯覚でしかないと次の瞬間思い知らされた。

「力を抜いていろ。でないと、自分が辛いだけだぞ」

わかっているから七生も懸命に呼吸を整えてから大きく息を吐いた。けれど、覚悟も虚《むな》しく絶対に上げるまいと思っていた悲鳴が自分の口をついて漏れた。

「ひぃーっ、うぅ……あっ、あっ……っ」

「だから、力を抜いていろって言っただろうが。まぁ、こっちはきつくていい感じだが、動きにくいから少しは緩めろ」

「うっ、うう……っ、む、無理……っ。う、動かないで……っ」

「馬鹿かっ。動かずにいけるかよ。ほら、息を吐けよ。でなけりゃいつまでも終わらないぞ」

それも困る。この苦しさから一刻も早く解放されたいという思いから、必死で息を吐いた。わずかに体が弛緩《しかん》した瞬間を見逃さず、吾妻が一気に七生の奥まで入ってくる。

「んんーっ、んっ、あぅ……っ」

もう声を抑えることなどできなかった。隣の部屋のことを考える余裕もない。一番深いところまできた吾妻自身が、今度はゆっくりと引き抜かれる。コンドームの潤滑剤だけでは自分が楽しめないと思ったのか、吾妻は一緒に買ってきたローションタイプのハンドクリームを七生の窄まりに振りかけた。

燃えるように熱くなっているそこに、ひんやりとした感触が心地よかったけれど、圧迫感は変わらず七生を苦しめている。

「これで少しは楽になるだろう。前も触ってやるから、もっと腰を上げてみな」

ローションの滑りは確かに痛みと圧迫感をかなり軽減してくれた。抜き差しが容易になったところで、七生自身にも勝手にコンドームをつける。

「新しいシーツにしたばかりなんだ。汚されちゃ困るんでね」

七生も果てると決めつけてもう一度そこを握り、先端を指の腹で撫《な》で回す。思いがけず繊細な愛撫に、心ではどんなに抵抗してもじわじわと快感が込み上げてくる。

「あっ、い、いや……っ。駄目だ……っ」

思わずそう呟いたのは、吾妻に止《や》めてくれと懇願したわけではなかった。さっきまでの痛みを押し寄せてくる快感が凌駕《りょうが》していく感覚がはっきりとわかり、それが怖くて漏らした言葉だった。どこか甘さと媚《こ》びの交じったその声に、吾妻は素早く七生の変化を感じ取っていた。

「馬鹿言うな。おまえもやっといい感じになってきたじゃねぇか。腰が揺れてるぞ。中がむずむずするだろう。前ももっと擦ってほしいんだろう?」

「そ、そんなこと……」

ないとはきっぱり言えなかった。体のどこかでその淫らな快感を確かに求めている自分がいるのがわかったからだ。いまさらとはいえ、懸命に声を押し殺しながら考える。

（どうして……？　どうしてなんだ……？）

自分の体の変化に戸惑いながら、七生は心の中で自問する。だが、そんな自問に答えを出す前に、吾妻が背中から覆い被さってきたかと思うと、七生の耳元でひどく下卑た口調で囁《ささや》いた。

「おい、いいことを教えてやる。声なんか殺しても無駄だ。左右の部屋に筒抜けだから、好きなだけ声を上げればいい。ついでに、ここの壁はあちこちに穴が開いてやがる。今頃両隣が自分のムスコを慰めながら、おまえのあられもない姿を楽しんでるぜ。せいぜい色っぽくケツを振って喘《あえ》いでやれよ。これもボランティアだと思ってな」

ぎょっとして顔だけで振り返ったら、吾妻が人の悪い笑みを浮かべていた。どうやら冗談ではないらしい。七生が恐る恐る左右の壁に視線をやると、どちらもぼろい板張りの壁に木の節のように見える丸い穴が何ヶ所かあった。その黒い部分がわずかに揺れて動いたように見えたのは気のせいだろうか。あるいは、吾妻のいうように隣にいる誰かがこの部屋の様子をのぞいているのかもしれない。

見られていると思った瞬間、これまでとは違う羞恥《しゅうち》が込み上げてきた。同時に、これまでに経験したことのないような妖しげな感覚が七生の全身を包み込む。

あられもない姿を見知らぬ男たちが見ている。その中で自分は屈強な男に組み伏されて、体の中をかき回されている。自分が女ではないだけで、まるで安いポルノフィルムのような状況だ。それなのに、体の中に渦巻くものが止められない。

（もう、いい……っ。どうなっても……）

その瞬間、七生の心に過《よ》ぎった思い。汚れ切ってしまえばいい。これからもっと汚れていくのだ。自分はこの先、この男とともに地獄に向かって突っ走っていくのだから。

「ああっ、クソッ。生の体はいいぜ。ああっ、いくぞ……っ」

そう言ったかと思うと猛烈な抜き差しがピタリと止まり、体の中にじわっと温かいものが当たるのがわかった。コンドーム越しでもこれほどまで人の精は熱いのだと初めて知った。そして、ほぼ同じタイミングで、七生もまた被せられていたコンドームに己の精を吐き出していた。

二人して薄い布団に倒れ込み、大きく肩で息をする。吾妻は七生の隣で仰向《あおむ》けになって厚い胸板を上下させていたが、やがて自分の手で邪魔な前髪を押し上げながら笑い声とともに言った。

「おまえ、顔もいいが体も思った以上だな。なかなかいいもんが懐に飛び込んできやがった」

「冗談じゃない。二度目の約束はしていませんから」

「そうなのか？　サービスが悪いな。俺の機嫌を損ねたら、おまえが困ることになるんだろうが。往生際の悪いことを言ってないで、早いうちに慣れてしまえよ。初めて抱かれていけるくらいだ。充分に素質はあんだろうが」

「そういう問題じゃないです」

「どういう問題でもいいさ。俺はやりたいときにやらせてもらう。そいつが今度の仕事を請ける条件だ」

そう言われてしまったら、七生には返す言葉がない。

「だったら、仕事はきっちり責任を持ってやり遂げてもらいますよ」

「おうよ。ちょっと練習してカンさえ取り戻せば、絶対にしくじることはない。どちらも一発で脳天に決めてやる」

仕事の内容をそうあからさまに言葉にされては困る。なので、まだ整わない息のまま、七生が隣の吾妻の唇に指を立て彼の耳元で囁いた。

「声が大きいですよ」

「気にすんな。どっちの野郎も久しぶりに本番をオカズに一発抜いたばかりで、惚《ほう》けて何も聞こえちゃいないさ。それに、この街での話はけっして外には漏れやしない。密談したけりゃ、世界中のスパイ連中はここへくりゃいいんだよ」

どこまで本気かわからないことを真顔で言う。だが、元自衛官で機密にもかかわり、このドヤ街での生活も十年になる吾妻の言葉だけに、案外的を射ているような気もして苦笑が漏れた。

そうして、呆《あき》れるほど薄汚れた夜を過ごし、翌日に吾妻は長年暮らしてきた街を七生とともに去った。ドヤ街ではある日突然流れつく者もいれば、ある日突然去っていく者もいる。誰もそれを気にとめることはない。

◆◆

「ちょっと訊いていいですか？」

関西で車を月契約でレンタルし、二人はその日の午前中に東に向かって出発した。どこにでもある目立たない白のバンタイプのハンドルを握っているのは七生で、吾妻は助手席で目を閉じていたが眠っていないことはわかっていた。

「トンコかましたとボウシンに言ったらクンロクかまされる……」

それは、七生が初めて吾妻に会ったとき、揉めている男たちが口にしていた言葉だ。あの街に潜入して不思議な言葉をたくさん耳にした。日が経《た》つほどにさまざまな隠語を覚えていったが、それでもあのときの言葉は未だに謎が解けないのだ。吾妻は目をうっすらと開いたかと思うと、呆れ顔で小さく喉を鳴らして笑う。

「そんな言葉は世間じゃ必要ねぇよ。忘れろ」

「でも、なんとなく気になるんで……」

吾妻は背もたれから少し体を起こし、効きすぎたクーラーに不快そうに眉根を寄せると、膝《ひざ》に置いていた夏物のジャケットを羽織りながら言う。

「あの街じゃ前払いをもらってタコ部屋に詰めてる奴も多いんだよ。もらった分は働いて返すのが筋だ。ところが、仕事がきついってんで逃げる奴もいる。そうするとあの界隈《かいわい》を仕切っている組の連中がきて、そいつに追い込みをかけて、ヤキを入れるって寸法だ」

要するに、「トンコ」というのは「逃亡」で、「ボウシン」は「組の用心棒」でヤクザまがいの連中のことであり、「クンロク」は「ヤキ」という意味だが実際は「ヤキ」以上にきつい仕打ちらしい。

なので、「クンロク」をかまされると、翌日は体が動かなくなり仕事にならないということになり、また借金が増える。つまりは、いろいろな意味で非常に危機的な状況になるということらしい。

ようやく謎の言葉の数々が納得できて、七生は苦笑が漏れた。確かに、一般社会では必要のない言葉ばかりだ。そして、それらの意味をいまさら知ったところでどうということでもないが、自分が思いがけずかかわった街の闇もまた果てしなく深いのだと思った。

一見平和なこの国にも確かに暗闇がある。それは明るい日差しの下にいるとけっして目にすることのない世界だが、自分たちが暮らすすぐ横に確かに存在しているのだ。

「黒より暗い闇ってのはどこにでもあるんだよ。あのドヤはな、太陽なんかない街だ。太陽が出る前に皆が車に詰め込まれて現場に運ばれていく。あの街に戻る頃には日はどっぷり沈んでいる。昼間に残っている奴がいたら、仕事にあぶれた奴だ。そんな奴は明日死んでも、明後日《あさって》死んでも誰も驚かねぇよ。結局は太陽なんぞ見ないまま、この世の暗闇からあの世の暗闇へ落ちていくってだけだ」

どこまでも救いがない。だが、彼らを哀れむ立場にはない。七生の人生もまたあるときから闇に呑まれたままで、日の光を見ることはない。叔父の言っていたように、いっそ何も知らないままでいたならと思うこともある。だが、真実を知ってしまったこともまた運命なのだ。ならば、自分はこの運命を乗り越えていくしかない。

「長くいたら魂が腐る。そういう場所ってことだ」

「そう言うわりには、長くいたようですね」

「俺には性に合っていたらしい」

自嘲気味に笑う吾妻は助手席の窓に額を寄せて外を眺めている。彼が十年近く潜伏していた街はもうはるか遠くになった。取り立てて感傷的な気分なわけではないだろう。あのドヤ街は、確かに長くいれば心が病む場所に違いない。ただ、そこを出た自分たちは解放されたわけではないのだ。

しばらく外の景色を見ているのかと思っていたが、どうやら吾妻はサイドミラーに映る自分の顔を見ているようだった。

伸び放題だった髪は今朝方、七生がレンタカーを借りている間に散髪に行ってすっかり短く刈り上げてきた。無精髭《ひげ》もきれいに剃《そ》ってもらったら、正直七生も目を見開くほど精悍《せいかん》な美貌がそこにあった。

レンタカーを借りたあとは手近な店で必要なものを買い揃えた。主に吾妻のための洋服や靴だ。あの街にいるかぎりは作業服と安全靴しかいらないので、それ以外のものはろくに持っていなかったのだ。

しかし、あの街での普通の格好は世間では目立ってしまう。なので、とりあえず夏向きのカジュアルなシャツやジャケットにジーンズやコットンパンツなどを見繕って買ってやった。

もちろん、それらは経費扱いで七生の支払いだ。靴も革靴とスニーカーを買ったが、作業服と安全靴もしっかり車に積み込んである。現場用のそれらだが、他の用途にも使えるのできっと役に立つという。

「これから向かう場所も太陽の日が届きにくい場所ですけどね」

「おおよそ想像はつくがな」

「あなたにも馴染《なじ》みの場所ですよ」

電車でなら関西からは新幹線を使いまずは新横浜《しんよこはま》まで行って、ローカル線やJRの特急電車で折り返すことになる。最終目的駅は河口湖《かわぐちこ》で、そのさきは車かバスを利用するしかない。案外不便な場所だが、知名度はけっして低くない。

富士の裾野《すその》に広がる樹海《じゅかい》は、とある作家の小説によりいつしか自殺者が集まる場所になってしまった。だが、それ以前からその広い森は陸上自衛隊の演習場でもあったのだ。吾妻にとっても古巣に戻るような気分だろう。

車で向かう七生たちは名神《めいしん》高速道路から東名高速道路に乗り、御殿場《ごてんば》まで走り続けた。その後須走《すばしり》ＩＣから山中湖《やまなかこ》方面に向かい、最終的には河口湖まで行く。樹海の奥深くに借りたコテージまでは、そこからさらに十数キロの道程だ。

そのコテージを選んだのはいろいろな条件を考慮して、自分たちの計画に最適な場所を探した結果だ。もう何十年も前にあった、バブルと呼ばれる好景気の時代に開発されたリゾートエリアで、そのコテージも手の届く別荘として売り出された物件だった。当時は数棟が売れたがバブルが弾《はじ》けてすぐに転売され、数年前に地元の不動産会社がまとめて買い取っていた。

たびたび大手のホテルやリゾート関係の企業が手を出そうとしたものの、交通の便の悪さと自然以外に売りになるものがないため買い手がつかないままになっている。現在は村の管理下にあって、細々とキャンプ客にコテージを貸してなんとか維持費だけを捻出《ねんしゅつ》しているような状態だ。

そんな場所なので観光客はほとんどやってくることもなく、おまけに今は夏休み前の梅雨のシーズンなのでキャンプ客もおらずいよいよ閑散としていた。

そんな場所を七生は、大学で野鳥の研究をしていて一、二ヶ月滞在してフィールドワークをするという名目で借りた。野鳥観察なら他にも日本有数の観察地があるが、樹海にも約二百種類の野鳥がいるという。

六棟あるコテージのうち今月借りているのは七生たちだけだと聞いている。もっとも、他に客がいたとしてもコテージ間の距離があるので顔を合わせないでおこうとすれば簡単なことだった。そういう細かい点もちゃんと下調べ済みだ。

そして、管理人はなんの疑いもなく長期で借りてくれる客は有難いとばかり、ペットボトルの水を一ケースとレトルトカレーを一ダース、サービスしてくれると言っていた。今日の午後にチェックインする前には、それらをコテージに運び込んでおいてくれることになっている。

目的の場所に向かう途中、食事とトイレ休憩を何回か取っただけでひたすら車を飛ばしてきたが、コテージに到着したのはすでに午後の八時を過ぎていた。

「一人で運転、お疲れさん。なかなかよく眠れたぞ」

「免許が失効したままの人に運転させられないでしょう。途中検問にでも引っかかったら……」

計画の最初から躓《つまず》いてしまうと言いかけたら、吾妻が涼しい顔で新しいジャケットの内ポケットから運転免許証を取り出してきた。

「失効したなんて一言も言ってねぇぞ。ちゃんと更新してんだよ。これがあるのとないのとじゃ、現場での作業内容も日当も違うんだよ。免許がなけりゃ、日がな炎天下でシャベルでもって土砂をかき出すなんてことをやらされる」

まさにその作業でへばっていた七生に対する嫌味がカンに障っただけではない。七生は目を見開いて吾妻の手に握られた免許証を見ながら眉を吊り上げた。すると、吾妻がしたたかな笑みを浮かべ肩を竦めてみせる。

「あの街に十年潜んでいたからって、そう何もかも失っちゃいないさ。まだ戸籍もあれば住民票もある。ないのは定職と定住居だけだ。馬鹿にすんなよ」

七生もあの街にいていろいろと常識では考えられない現実を見聞きしたが、一番驚いたのはすでに自分の名前を忘れている人間がいることだった。現場に行って働いて日当をもらう。名前などなんでもいいのだ。「おい」と呼ばれれば振り向けばいい。指示された仕事ができればいい。だから、本名などいらないのだ。

そんな街で暮らして、公的な身分証明書を所持しているということは充分にすごいことだというのはわかる。だが、七生が眉を吊り上げたのはそういう意味じゃない。

「馬鹿になんかしてませんよ。そっちこそ、そういう大人げない態度は勘弁してもらいたいですね。とりあえず、当分はここで共同生活になるんですから、例の仕事とは別にそれなりに役割分担はしてもらいますから」

確認を怠り、とっくに免許が失効しているだろうと決めつけていた自分も間抜けだが、吾妻も人が悪い。この男は元自衛官のくせに、どうもくだらない悪ふざけや下品な冗談が多い。あの街で暮らしても失うことはなかったものもあるのと同時に、確実にあの街で身につけたものもあるということだろう。

七生の不愉快そうな様子など気にするでもなく、吾妻はコテージの中に荷物を運び込むなり言った。

「おい、銃はどこだ？」

やっぱり、それが彼にとっては一番の関心事らしい。これから大仕事をするにあたって、自分の得物が気になるのは当然だろう。

七生は車から降ろしてきたアルミニウム製の防水ケースをテーブルの上に置いて、何重にもかけてあった鍵を全部外す。中からボルト式の12ゲージのライフル銃を取り出すと言った。

「俺が狩猟免許を取ったのが二年前です。猟銃の所持はなかなか厳しくて、ようやく手に入ったのがこれです。あなたには物足りないかもしれませんが、これでやってもらうしかない」

12ゲージは世界的には最も多く用いられている口径で、日本においては一般に許可されている最大口径だ。クレー射撃の公式戦にも使用されている。

日本では銃の所持については当然のことながら厳しい規制が設けられている。だが、狩猟やスポーツとしてのクレー射撃など、少なからず一般の者が銃を取得することは可能である。七生は二十二のときに地域の警察署へ行き申請書を希望した。この段階でかなり詳しくなぜ銃を取得したいのか聞かれた。

人によって理由は様々だが、七生の場合は射撃競技に興味があり、ぜひ自分でもやってみたいからということで通した。こういうときは七生の女性的な印象は効果的だ。こんな華奢で生真面目そうな青年が、よもや自分たちの組織の人間を狙《ねら》って銃を取得しようとしているなどとは想像もしないのだろう。

申請書を提出したのちは講習会を経て、筆記試験で合格点を取れば今度は実際に射撃講習を受けることになる。二十代の若者が申請するケースは珍しいのではないかと思っていたが、実際講習会に出向いてみれば案外若者や女性も少なくなかった。

筆記はテキストを読んでおけば問題なく合格できる。実地の射撃のほうはそれなりの緊張感があった。子どもの頃から外で駆け回るよりは本を読んでいるほうが好きだったので、運動神経はけっしてよくないと自覚していた。ただ、銃を撃つのは運動能力だけの問題ではなかった。他のスポーツとは違う集中力や筋肉のコントロールなどが必要になってくる。

これは七生にとってけっして苦痛ばかりのものではなかったし、標的を撃ち抜いた瞬間には自分でも驚くほどの爽快感があった。だが、吾妻のレベルになれば何を考えて銃を構え引き金を引くのか、素人の七生にはもはや未知の領域だった。

ブランクがあるとはいえ、銃を見る目は完全にプロのそれになっている。吾妻は早速手に取ると、トリガーに指をかけて構える。その姿だけでコテージの中の空気がピンと張り詰めた気がした。

吾妻が銃を手にすると、鉄の塊が彼の腕の一部になったかのように隙がない。ブランクなどいっさい感じさせないのは、見ている七生が素人だからというわけではないだろう。吾妻は銃と一体になる術《すべ》を体得していて、それは一度身につくとけっして体から抜けるものではないのかもしれない。

「まぁ、素人が見繕ったにしては悪くないな。だが、ライフルは狩猟歴が十年以上ないと所持できないはずだぞ。どうやって手に入れたんだ？」

吾妻が七生の表情を探るようにたずねる。後ろ暗いことを探り弱みの一つも握ってからかいの種にしたいのかもしれないが、べつに隠すようなことではない。

「ちょっと危ない橋を渡っただけですよ。それと金を使えばどうにかなるもんですね。日本ってのは安全なようで案外物騒だ」

七生が軽く肩を竦めて言うと、吾妻は同意したように口元を歪《ゆが》めて頷く。

「ああ、そうだ。日本ってのは案外物騒なんだよ。なにしろ、素人が落ちる落とし穴がそここに開いてやがるからな」

吾妻の言うとおりで、彼本人も七生の父親と同じくそんな落とし穴に落ちた人間だ。いや、落ちたというより落とされたというほうがいいだろう。父は死んだが、吾妻はその穴から這い上がってこようとしている。七生は何年もの間望んでいたものを目の当たりにして、心がゾクゾクと震えるのを止められなかった。

「弾は？」

銃のケースと一緒にテーブルに置いたスポーツバッグを開いて見せると、そこにはびっしりと銃弾の箱が入っている。県を跨《また》いで何軒もの店を梯子《はしご》して買えるだけかき集めてきた。

「足りなければまた調達しますよ」

「とりあえず、練習にはこれで充分だろう」

ここで吾妻のカンが戻るまでこもることになる。その後は決行日を決めたら東京に移動する予定だ。

「俺は下調べにたびたび東京に戻ることになるでしょうから、他にも必要なものがあれば言ってください。できるだけ用意するようにします」

「そうか。だったら、とりあえずコンドームはたっぷり買ってこい。俺のサイズはもうわかってんだろう？　でかいやつだぞ」

下卑た笑いにムッとして、七生が吾妻を無視するように車から運んできた荷物を持ってキッチンへ向かう。コテージのバルコニーには、約束どおり管理人が水とレトルトカレーの箱を積んでおいてくれたから、それらも一緒に運び込んだ。

銃を手にして久しぶりにその感触を味わっている吾妻を横目に、七生は一人で慌しく荷物運びをしながら落ち着いて自分の頭の中を整理しようとしていた。今回の計画のことではない。吾妻との関係についてだ。

昨夜のことを思い出し、今日も車を運転しながら何度溜息を漏らしたかわからない。サービスエリアの休憩以外は助手席で熟睡している吾妻だったが、きっと彼にとって七生は手頃な性欲処理の相手でしかないのだろう。だが、七生にしてみれば初めて男に抱かれるという経験はそれなりに衝撃的なことだった。

二十四の男がセックスくらいで大仰に騒ぎ立てるつもりもない。恋愛感情のない相手で性欲を処理したからといって、とやかく言うつもりもない。ただ、その対象に自分の体が使われていることが少しばかりショックだったのは事実だ。

男に抱かれたのは初めてだったが、そこには想像していた程度の苦痛も羞恥も屈辱もあった。けれど、それを凌駕するだけの快感もあったのだ。実は、そのことが一番の驚きであり戸惑いだった。そして、あの状況がさらに七生を困惑させた。

ドヤ街の薄汚れた簡易宿の部屋で、おそらく吾妻の言うように左右の部屋からは男たちがのぞき見ていたのだろう。ときおり、自分たち以外の微《かす》かな呻き声や、壁に体がぶつかるような音もしていた。見られているとわかっていたのに、七生の体の熱は冷めることがなかった。

　吾妻の手が巧みに七生を追い上げたのは間違いない。けれど、その吾妻の抱き方も己の快楽を好き放題貪《むさぼ》っただけで、特に優しい扱いをしてくれたわけでもなければ、言葉一つにしても思いやりの欠片《かけら》もなかった。

（なのに、なんで……？）

　自分がこの男の汗臭い汚れた体を嫌悪することもなく、あんなものを口に銜えて嘗め回すことができたのだろう。いくら復讐を果たすために必要な行為だったとはいえ、最後には感じてしまった自分が信じられなかった。

　でも、心の片隅ではそんな自分を本当はわかっていた気もするのだ。女性とつき合いながら、いつも何か空虚なものを感じていた。復讐を誓ってからというもの、自分が誰かときちんと向き合って恋愛をし、結婚をし、やがては子どもが生まれて家族を持つという当たり前の幸せが想像できなくなっていた。

　そんな鬱屈した心の中で七生の中にも性欲は確かにあった。それは、吾妻のような男が女に不自由をし、誰でもいいから溜まったものを吐き出したいという欲望と似たものだったのかもしれない。ただし、抱くのではなく、抱かれても自分は精を吐き出し、性欲が満たされたことは事実なのだ。

　ことが終わってから、吾妻は当然のようにこれからも抱くと言った。二度目のことまでは考えていなかった七生だが、自分に拒絶という選択がないことはわかっている。できれば、あれが彼の戯言《ざれごと》であればと願っていたが、今の要望を聞いてやっぱり冗談ではなかったのだと思い知らされた気分だった。

次にこの男に抱かれたら、自分はどんな反応をしてしまうのだろう。昨夜と同じように、苦しみに身悶《みもだ》えながらもやがては快感を得て果ててしまうのだろうか。それが自分の中に隠れ潜んでいた己自身の別の顔なのかと思うと、なんだか意味もなくやるせない気持ちになるのだ。

七生は今日だけでもう何度目かわからない溜息を漏らし、キッチンに運び込んだ段ボールや紙袋の荷物を開く。コテージにくる途中、とりあえず一週間分の食料品と日用品を買い込んできた。それらを冷蔵庫やパントリーに入れておいたあと、ベッドを作ったりバスルームの必需品を並べておいたり、今夜からの生活のために整えておかなければならないことはいくらでもあった。

ファミリータイプのコテージはそこそこ広く、二つの部屋とリビングとキッチンがある。バスルームとトイレもセパレートタイプで使いやすい。いかにもバブルの時代の置き土産《みやげ》といった感じの、無駄に金をかけた造りになっていた。

夕食はすでに済ませてきたので吾妻はライフルを片手に、買い込んできたカップ入りの日本酒を開けて飲みはじめている。酒が相当強いことはわかっていたが、毎晩というのは体によくないだろう。

「酒の飲みすぎで手が震えていたりしませんよね？」

さっきの下卑た言い草の仕返しではないが、この十年間ずっとこの調子で飲み続けていたなら、中毒とは言わずともアルコール依存症くらいになっていても不思議ではない。七生にしてみれば、彼の腕にすべてを託しているのだから、そんな理由で仕損じられたら悔やんでも悔やみきれなかった。

吾妻は酒をぐっと呷るように飲んでから七生を睨みつけると、弾の入っていない銃口をこちらに向ける。

「昨日まで震えていたが、銃を持ったら止まったから安心しろ」

全然安心できないことを言って笑っているが、彼の視線は完全に獲物を狙うときの鋭さだった。七生はそんな彼と視線を合わせているのが恐ろしくなり、顔を背けてバスルームに向かう。

「シャワー、先に使いますから」

「そのままでもいいが、どうせなら磨き立ててこい。今夜は俺がおまえのもんを嘗め回してやるからよ」

ここでは薄い壁を隔てた隣部屋を気にすることもない。完全な二人きりとはいえ、昨日の今日であまりにも露骨で生々しいことを口にされ七生の表情が歪む。

「こ、今夜もですか……?」

これ以上ないほど憂鬱な声色でたずねると、吾妻はニタリと笑う。さっきまでの鋭い視線には、すでに淫靡な光が宿っていた。この男はどんな瞬間でも、ひどく危険な匂いを垂れ流している。味方にして心強い反面、厄介な仲間であることには違いなかった。

「そういう条件だったろう?」

七生は思わず内心で舌打ちし、バスルームに向かうしかなかった。

昨夜は無我夢中だった。そうしなければ吾妻を味方にすることはできなかったからだ。だが、今夜は裏切られないためにこの体を提供することになった。これがこの先ずっと続くのかと思うと、さすがに七生の気持ちも複雑だ。

両親の復讐を誓ったとき、どんなことにも耐えてみせると己に言い聞かせたけれど、こういうことはまったく予想の範疇《はんちゅう》外だった。

シャワーを浴びながらどうにか吾妻を説得できないかと考える。金を渡して女性と遊んできてもらえるならそれでいいのだが、女はいらないという言葉は彼にとって嘘でも冗談でもないらしい。

もともとそういう性的指向の人間だったのだろうか。彼のいた組織について噂で聞くには、案外そっちの人間も少なくないという。だったら、金を渡すから男と遊んできてくれとも言いにくい。東京や大阪のような都会ならそういう店も簡単に見つかるが、樹海の近くにいてはそうもいかない。

結局、自分がその役割をするしかないという結論しか出ず、七生は全身を洗ってTシャツとジャージ姿で部屋に戻った。吾妻が入れ替わりにシャワーを浴びにいったので、七生はその間に自分も冷蔵庫から缶ビールを出して飲んだ。

昨夜もそうだったが、素面《しらふ》で男に抱かれるのはやっぱりきつい。せめて酔った勢いでもなければ、自分のアイデンティティーが崩壊していくような気がした。

リビングのソファに座り缶ビールを飲みながら、七生はじっとこれからのことを考える。ようやくここまできた。長い道のりだった。両親の死をどうしても乗り越えられず、やがて見つけた真実に突き動かされるようにしてここまでやってきたのだ。

吾妻を引き入れたかぎりもう後戻りはできない。これはもう自分一人だけの机上の計画ではなくなった。ここで七生と吾妻はそれぞれやらなければならないことがある。吾妻は射撃のカンを取り戻すこと。七生は必要なデータをできるかぎり集めて、より綿密な計画を立てなければならない。

リビングにはテレビもあって、他の家電と違いこれだけは近年買い換えた薄型になっている。だが、すでにいつも見ているニュースの時間は過ぎていた。それに、有線だがインターネット回線は使えるというので、必要な情報があればそちらでチェックしたほうが速くて正確だ。七生は自分のノートパソコンをダイニングテーブルに持ってきて開く。

画面が立ち上がるまでの時間、静まりかえったリビングにいると、外の森から夜行性の動物や野鳥の鳴き声が聞こえてきた。闇に生きる彼らのように、これから自分も世間から身を隠しながら生きていくことになるのだ。そんなことをぼんやり考えていたときだった。

「おまえ、昨日はあれほど熱弁をふるっていたが、今夜はずいぶんとおとなしいな。どっちが本当のおまえだ？」

いきなり背後から吾妻の声がしてハッと振り返る。いつの間にバスルームから出てきていたのか、その足音ばかりか気配さえまったく気づくことがなかった。この巨体でどうしてそんな真似ができるのだろうと不思議だったが、あらためてこの男はプロなのだと思った。戦闘のプロだから雇った。彼にはきっちりと仕事をしてもらわなければならない。そのためには自分もできるかぎりのことはしなければならない。七生もまた覚悟を新たにするしかなかった。

「どちらも本当ですよ。普段はそれほど口数は多くありません。ただ、両親のことを語るならあれくらい力が入っても当然でしょう。それに、あなたをどうしても説得しなければならなかったんですから。もっとも、こんな条件がつくとは思ってもいませんでしたけどね」

開き直ったような七生の態度に吾妻が鼻で笑う。

「それで、素面じゃ抱かれるのが怖いから酒か？　そんなもんに逃げていると、そのうちおまえのほうがアルコール依存症になるぞ」

本気で毎晩のように抱く気なのかとゾッとしたが、ここでそれを顔に出したらからかわれるだけだ。七生は素知らぬ顔で缶ビールを飲み干した。その横に吾妻がやってきてまだ濡《ぬ》れた髪をタオルで拭《ふ》きながら七生を見つめる。

「おい、脱げよ」

「ここでやる気ですか？」

「お嬢さんみたいに抱っこしてベッドに運んでほしいか？」

ムッとして七生はその場で立ち上がり、着ていたTシャツを脱ぎ捨てた。ジャージを下ろすとき一瞬迷ったが、往生際が悪いとか女々しいと思われるのがいやで下着も一気に足首まで下ろして、足で蹴って床に投げた。

その様子をじっと見ていた吾妻は、今日買ったばかりのボクサータイプの下着に上半身は裸だ。肉体労働で鍛え上げた体は、こうして正面から見るとやっぱり素晴らしいものがあった。

完全に割れた腹の筋肉や二の腕の盛り上がりだけでなく、首から肩にかけてや内腿《うちもも》から脹脛《ふくらはぎ》などにも余分なものはいっさいないが薄くきれいな筋肉がぴったりと体を覆っている。

見られているのは自分のほうなのに、このとき七生は吾妻の体に見惚《みと》れていた。男として憧《あこが》れずにはいられない体というのは、まさに彼の体のことだろう。

「同じ男とは思えねぇな」

吾妻が苦笑交じりに言ったので、七生はハッと我に返って裸の自分を隠したい衝動に駆られる。だが、それはできないし、吾妻がさせてはくれなかった。彼の手が伸びてきて七生の腰に触れる。骨盤に当てられた節くれだった手が妙に熱い。だが、熱いのは手だけではなく、七生の股間を見ている彼の視線もだ。

「こんなところまでおきれいな奴ってのはいるんだな。まるでうまそうな南国の果物みてぇじゃねぇか」

そう言って、七生の股間の性器を手に取った。性器など少しばかり色や形や大きさが違っても、おおよそ誰でも同じだ。七生にしても自分のものが他人と比べて特別だと思ったことはない。馬鹿げた言い草だと吾妻を笑い飛ばしてやりたいが、そんな余裕はすでになかった。

「あう……っ。く……っ」

「声は存分に出せよ。ここなら誰にも聞かれやしねぇよ」

わかっているけれど、声を出せば感じていると取られるのが悔しいだけだ。だが、そんな七生の意地さえあっさりと見破って言う。

「声を殺したところで、体を見りゃ感じてるのは丸わかりだからな」

女性以上に男はそれを隠す術がない。どんなに気持ちが拒んでいても体は快楽に従順で、ましてや七生はそういうことに巧みになれるほどの経験がない。

吾妻の腕が七生の体を引き寄せて、自分の膝の上に座らせようとする。わずかな抵抗も無駄で、彼の胸にもたれこむようにして彼の膝に跨《またが》る格好になった。ほぼ全裸に近い男二人がこれだけ体を密着させている姿は、いまさらのように他人には見られたくないと思った。と同時に、ここはあのドヤ街の簡易宿の部屋ではない。誰の目もないと思うだけで、七生は少なからず安堵していた。

「心配すんな。おまえの華奢な体が壊れるような真似はしねぇよ。それに、自分じゃ知らなかったらしいが、おまえはこっちもいける。むしろ、そのほうが楽しめるんじゃないか？おまえに女は似合わねぇよ」

勝手なことを言われても困るし、不愉快だ。だが、彼の言葉がカンに障るのは、自分の中でも引っかかるものを覚えているからだ。

「おおきなお世話です。これは仕事を請けてもらう条件だからやっているだけですから。俺の性的指向のことをあなたに指摘される謂《いわ》れはありませんよ」

ふて腐れたように言えば、吾妻はさもおかしそうに太い喉を鳴らして笑う。いちいち人を小馬鹿にしたような態度を取るから頭にくる。

けれど、七生自身わかっていた。本当に生理的に受けつけない相手なら、この条件についてはなんとか別の方法で折り合いがつかないか頭を悩ませていただろう。復讐のための揺るぎない覚悟はあったが、少なくともこんなふうに曖昧《あいまい》な状態で見切り発車して、彼と関西を出てくることはなかったと思う

吾妻が七生の乳首や股間をまさぐる手の感触に身悶えながら、心の中で考える。吾妻だから許す気になったのだろうか。そんなことはないと思う反面、それならそれでもいいという気持ちもある。いくら考えても詮《せん》無いことだ。どうせこの状況から逃げることはできないのだから、彼に抱かれることを許容できて幸運だと思えばいい。

「おい、こっちを見ろよ。その顔をよく見せろ」

そう言ったかと思うと、吾妻は七生の体をまさぐっていた手を止める。彼の手が七生の頭に回りやんわりと髪をつかんで彼のほうへと顔を向けられる。視線と視線が合ったとき、七生の中で小さな震えが起きた。

「女みたいにきれいだがクソ生意気な面だ。お利口な頭で何を考えて生きてきた？　考えていたとおりのことばかりだったか？　ところが、世の中ってのはもちろんそうじゃない。実際は誰もが気づいていないだけで、足元を見れば泥まみれのクソまみれだ」

そんなことはあらためて吾妻に説教めいた言葉で聞かされなくてもわかっているつもりだ。ただ、彼が見てきた闇の深さもわかるだけに言葉を挟めない。

「いいか、人間は驚くほど不完全で未熟で悪意に満ちている。そのうえ、身勝手極まりない

存在だ。俺は神の存在なんぞ信じないが、創造主というもんがいたらそんなふうに人間を作ったんだろうな」

吾妻の口から似合わない言葉が飛び出した。神を信じないという男が、「創造主」などという言葉を口にする。何か奇妙な感覚だ。

「どうしようもない現実を捨てて俺はドヤに転がり込んだが、むしろあの街にいたほうがよっぽど清々しく人として生きている気がした。おまえはどうだろうな。落ちるところまで落ちても、そのおきれいな面のままでいられるもんかね」

「そんなに俺の顔はきれいなんですか？　正直なところ、自分の容貌なんかどうでもいいんです。この顔で取り立てて得したことも損したこともありませんから。ただ、落ちるところまで落ちたとき、どんな顔になっていても、それが俺の本当の顔だと思います」

それは両親の復讐を果たしたときの顔だ。そのとき、七生は確実にこの国の法に触れる行為で罪に問われる立場になっている。だが、それをしないままで寿命を生き抜いたとしても、ただの抜け殻の自分でしかないのだ。

七生の言葉に吾妻が笑う。彼が何度も七生の決心を試しているのはわかる。だが、そんな彼にどんな言葉で伝えれば通じるのだろう。七生にはもうこの道しかないのだ。これをやり遂げなければ生きている意味が見出《みいだ》せない。

どんな言葉でも通じないなら、行動で伝えるしかないだろう。七生は自ら吾妻の首に両手を回し、彼が「きれい」だと言う己の顔を近づけて唇を重ねていった。吾妻の厚い唇の感触があって、すぐに開かれた彼の口腔へと自分の舌が吸い込まれていくのを感じていた。

この体を好きにすればいい。だから、力を貸してほしい。このゴミ溜めのような世の中で、許しがたい不条理に呑み込まれた人生を元来のレールの上に戻したいだけだ。それが非合法だからといって、非難されるのも心外だった。

もちろん、「外道と同じ真似をしては、自分も同じ外道になってしまう」という言い分もわかる。それもこの国では正しい姿勢で、真っ当な考え方かもしれない。だが、この国にはその道徳が通じない連中がいて、道徳を守る人間を嘲笑《あざわら》いながらその存在そのものを踏みにじっている現実があるのだ。

「言っておくが、人の命を奪えば必ず後悔するぞ。俺が知りたいのは、それを乗り越えていく覚悟があるかどうかだ」

唇を離した七生に吾妻がそうたずねたとき、この男もまた本気なのだと知らされた。復讐という依頼を金で請けたわけではない。彼は七生の覚悟を試している。それは実行への覚悟だけではない。復讐を果たしたあとの人生に対しても覚悟があるのかどうか試しているのだ。

人生は御伽噺《おとぎばなし》ではない。童話や昔話のように目的を果たしてそこで終わるわけではない。エンドマークがついたあとも、人は死の瞬間までどんなにもがいても生きていかなければならないのだ。七生もそれは重々わかっているつもりだ。

「二度と太陽の光を浴びることがなくなっても、俺は死んだままで生きていたくない……」

それは七生のどこまでも悲愴な決意だ。何があってもそれを成さなければならない。

「情《じょう》の強《こわ》い奴だな。まぁ、気の強い奴は嫌いじゃない」

「あなたに好かれてもあまり嬉しくないですけどね」

互いに憎まれ口を叩き顔を見合わせてから、二人はリビングのソファの上で体を重ねた。

二度目だから少しは慣れがある。けれど、初めてのときと違いあの痛みをすでに知っている怖さもあるのだ。興奮を隠せないのと同じように、緊張に強《こわ》ばる体も隠せはしない。

きつく目を閉じたままでいると吾妻の忍び笑いが聞こえてから、それを漏らした口が自分の下半身に下りていくのがわかる。

「ああ……っ、うぁ……っ、んんっ」

次の瞬間、あっさりと声を上げてしまった。

シャワーを浴びにいく前に言っていたとおり、吾妻の口が今夜は七生自身を銜え込んでいた。慣れもあるのかもしれないが、口が大きいので余裕をもって七生を銜え込み口腔の中で弄《もてあそ》ぶように愛撫をしてくる。吸われても嘗められても敏感な場所はすぐに反応して、喘ぎ声が抑えられなくなる。

「あふぅ……っ、ううっ、んぁ……っ」

「どうだ？　気持ちいいだろう。このまま一度出してしまいな」

「い、いやだ。それは……」

吾妻の愛撫に負けて彼の口に出してしまったら、心までも負けてしまうような気がしたからだ。けれど、吾妻の舌が七生自身の先端を強く嘗めた瞬間、抵抗は無駄な努力で終わった。

「あっ、だ、駄目だっ。離して……っ」

叫び終わる前に股間が弾けていた。それでも吾妻は自分の口を七生の股間から離さない。彼は口腔で受けとめたものをきれいに飲み干してからゆっくりと顔を上げた。酒を呷ったときと同じように、手の甲で口元を拭いながら、同時に長い舌でペロリと自分の唇を嘗める。

吾妻の思いのままにされてしまいぐったりと下半身を投げ出していた七生だが、目の前の男の荒々しくふてぶてしささえ感じられるその姿に、本当の「雄」というものを見せつけられた気がしていた。

同じ性別であっても、自分は吾妻に比べればあまりにもひ弱で非力だ。こんな自分は喰われるしかない、そうなっても仕方がない。なぜかそんなふうに思えてくるのが不思議だった。

「おい、うつ伏せになりな。今度は俺が楽しませてもらう番だ」

言われたとおりにしようと七生が体を起こしたとき、吾妻が急に手を伸ばしてきて最初と同じように自分の膝の上に座らせようとする。

「な、何……？」

彼が何をしたいのかわからず戸惑ってたずねると、強引に吾妻の腰を跨ぐようにしてソファで膝立ちを強要された。

「気が変わった。バックじゃ顔が見えないからな。このままでやるぞ。その前に後ろを慣らしてやるからじっとしてろ」

「あっ、い、いや、それは、自分で……」

「遠慮すんな。その代わり色っぽい声で乱れてみせろ」

そんな真似はしたくない。けれど、吾妻の手で押さえ込まれた腰は逃げられない。そばに放り出してあった潤滑剤を指に取ると、七生の股間から後ろに手を伸ばし窄まりに太い指を押し込んでいく。

「ああ……っ、くぅ……っ」

思わず顎が仰《の》け反《ぞ》り、腰を落としそうになる。だが、そうすると前から股《また》の間をくぐらせている吾妻の手首に自分の性器があたり、それをぐっと持ち上げられてしまう。一度果てたものがまた硬くなりつつあった。その後ろにある二つの柔らかい膨らみを手首でグリグリと刺激されると、たまらず腰を持ち上げて元の位置に戻してしまう。

「おい、二度目なのにもう後ろの穴だけで感じてるのかよ?」

「そ、そんなこと……」

ないという言い訳は通用しなかった。吾妻の両肩に手を置いて、七生は柔らかい髪が乱れるほどに顔を振る。感じてしまう自分をごまかしきれず、声も殺せず、吾妻の言うとおり後ろをまさぐられているだけでじくじくと言葉にならない快感が込み上げてくるのだ。

「いい感じで緩んできたぞ。突っ込んでほしいか？」

「うう……っ、やるなら、早くやって……っ」

「可愛くねぇ奴だな。ねだれって俺は言ってんだよ。ほしいって言ってみな。くださいってな」

体だけでも存分に嬲《なぶ》って好き勝手しているくせに、言葉でもそうやって七生の羞恥をさらに煽ってくる。意地の悪いところがあることもわかっていたが、やっぱり腹が立つ。七生が唇を噛み締めていると、吾妻は後ろの窄まりに入れていた指をぎりぎりまで引き抜いて、その周辺をわざとじらすように撫で回す。

「うずうずしてんだろう？　この潤滑剤はわざわざおまえのために買っておいたんだぞ。軽い弛緩剤が入っていて、ちょっとばかりそういう気分になるようになっているんだ」

「ちょ、ちょっと、待って。そ、そんな怪しげなものを使ったんですか？」

今日の午前中に洋服や靴などを買出しに行ったとき、何かほしいものがあると七生から金を受け取り一人で出かけていた時間があった。戻ってきたときにはどこの店のものかよくわからないビニール袋を持っていたが、まさかこんな余計なものを買っているとは思わなかった。

こんなものまで経費として面倒見るつもりはないと言いたかったが、今はその余裕もなくなっていた。

吾妻の言葉が暗示になったのか、あるいはちょうど成分が効いてくる頃だったのかわからない。急に七生の体がさっきまでとは違う火照りを感じるようになった。

「あっ、あああっ、な、なんか……っ、ああ……っ」

「ほら、我慢すんなって。ほしいって言えばいいんだよ。そうしたら、後ろを思いっきりかき回してやるからよ」

わざと下卑た口調で七生を煽っているのはわかる。でも、もう本当に我慢ができなくなっていた。呻き声を漏らして吾妻の肩に自分の額を擦りつける。そうやって耐えてもわずかな時間しか持たなかった。

「駄目だ……っ。も、もう入れてっ。後ろが変だ……っ」

七生が切羽詰まったように言うと吾妻は満足したように微笑《ほほえ》み、腰を両手でつかんで自分の屹立《きつりつ》した股間の上へ招き寄せる。

「自分の手で尻を分けてな」

吾妻のどこか得意げにも見える表情が腹立たしいが、もう言われたとおりにするしかない。本当にそこが疼《うず》いて仕方がないのだ。七生は唇を噛み締めたまま、自らの両手で自分の双《そう》丘《きゅう》を分け開いた。すると、吾妻は自分自身の真上に七生の腰を導き、そこでゆっくりと腕を下ろしていく。

「はぁ……っ、ああっ、んん……ぁ」

自分でも驚くほど甘い声が漏れた。同時に、体の中が熱い塊で埋められていく感覚にたまらず下半身を痙攣させる。そのとき、眩暈《めまい》がするほどの快感が押し寄せてきた。

「ああっ、クソッ。おまえ、本当にいい体してやがるな。中の締めつけが半端ねぇよ」

吾妻もまた低い呻き声とともにそう言うと、淫らな快感を貪るだけの雄になっていた。

ここは七生の住んでいた東京からも吾妻が潜んでいた関西のドヤ街からも遠く離れた場所。コテージの中で二人きりだ。丸太で組んだ壁一枚向こうには夜の闇が広がり、今も野生の生き物の鳴き声が聞こえてくる。自分たちも抱き合って一つになり、この闇の中に溶けていくようだった。

◆◆

目覚めたとき、七生の鼻孔をくすぐったのは香ばしいベーコンの焼ける匂いだった。

コテージの寝室のドアが少し開いていて、昨夜はリビングから這うように自分の寝室に入り、ベッドに倒れ込んだことを思い出した。

きちんと閉め忘れたドアの向こうから漂う匂い。まさかと思ったが、自分以外で料理をしているとしたら吾妻しかいない。

七生は様子を見にいこうとしてベッドから起き上がり、そこで一度息を呑み込んだ。何気ない動作に思いがけない痛みが襲ってきたからだ。

一昨日《おととい》の夜に初めて抱かれて、昨日は一日中腰がかなり辛かった。だが、幸か不幸かほとんど車の運転で過ごし、じっと同じ姿勢でいたせいで安静が保たれ夕刻にはずいぶんと楽になっていた。

ところが、昨日の夜は吾妻の膝に跨る格好でやってしまったから、七生の腰の負担は思いのほか大きかった。二日連続というのもダメージを増幅させているに違いない。

起きぬけにいきなり溜息を漏らし、着替えのために腰を庇《かば》いながらベッドを下りる。Tシャツとジーンズを身につけてリビングへ出ていくと、ちょうど出来上がった朝食の皿を吾妻がダイニングテーブルに運んでいるところだった。

「おい、朝食ができたぞ。さっさと喰え。それから、野菜ジュースを飲んでおけよ。こういうところにいると、どうしても野菜不足になるからな」

そう言った吾妻がテーブルに置いたプレートには目玉焼きが二個と厚焼きのベーコンが数枚、その横に炒《いた》めて飴色《あめいろ》になった玉ねぎが添えられていて、あとはトーストとコーヒーという簡単なものだった。それでも、今朝の七生には充分ありがたい。自分でキッチンに立って料理など到底できそうになかったからだ。

「いただきます」

テーブルで向き合って食べている吾妻は、ドヤ街で着ていた作業服のズボンと安全靴、上は黒のタンクトップというスタイルだ。

「まだその作業着を着ているんですか？　それに安全靴も？」

せっかく普通の服を買ったのに、着慣れた作業服のほうが落ち着くのだろうか。だが、吾妻はトーストを噛み千切って頬張ると、コーヒーで流し込むようにして食べながら言う。

「迷彩服がないから、こいつがその代わりだ。朝食が終わったら、ちょっと森を歩いてくる」

「歩く？　ウォーキングですか？」

七生の質問に吾妻が鼻で笑う。

「カンを取り戻してくるんだよ」

「ああ、射撃のですか？」

「いや、銃はまだいい。その前に取り戻さなければならないもんがある」

「というと……？」

自衛官を辞めて十年になるとはいえ、日雇いの仕事で体は充分に鍛えられている。射撃以外で、いったい何のカンを取り戻すというのだろう。七生が怪訝《けげん》な顔でたずねると、吾妻はその目に鈍い光を宿して言った。

「決まってるだろう。戦闘と人殺しのカンだよ」

その言葉に七生がハッとして、彼の顔を見つめる。「沈黙の戦いと暗殺」それがまさに自分がこの男に依頼したことだ。

仕損じてもらっては困る。金も払うし体でも要望に応えた。そんな七生の本気を彼もまた真剣に受けとめてくれているのだ。彼の言葉を聞いて、七生は緊張と安堵を同時に覚えていた。

「戻るのは夜になるだろうが、遅くなっても心配するな。万一のときでも一泊くらいはできる。おまえはおまえのやることをしていればいい。それから、これは忠告だが裏の森の奥には入るなよ。気晴らしの散歩をするならこのコテージが管理している範囲にしておけ」

「依頼主が迷子になったら困るってことですか？」

「いや、迷子になってくれりゃ、俺も危ない橋を渡るのをやめてドヤに戻るだけだが……」

そこまで言うと朝食のプレートに残っていた最後のベーコンを口に放り込んで嚙み下し、意味深長な笑みを浮かべてみせる。

「おまえのために言ってやってんだよ。ここがどこかわかってんだろ。樹海だぞ。樹海の名物といえばなんだ？」

名物という表現はどうかと思うが、それは七生でなくても誰もが「風穴」よりもまずは「自殺」と答えるだろう。

「知ってるか？　自殺する奴ってのは樹海にきて、案外森の浅いところで首を括ったり薬を飲んだりする。遊歩道からせいぜい一、二メートルのところだ。なんでかわかるか？」

七生はトーストを手にしたまま首を横に振った。

「ここの森は少し道からそれるといとも簡単に方角を見失う。どっちを見ても同じ景色で、グルグルと見渡しているうちに、ものの二、三分で自分がどっちからきたのかわからなくなるんだよ」

なので、それ以上歩き回ることもなく、あっさりとその場で自分の命を絶ってしまうらしい。冬の間は雪があるので遺体は放置される。春になって森に捜索に入ってみると、遺体はたいてい遊歩道のそばで見つかるという。

「だったら、ここはかなり奥まった場所だから自殺者が迷い込むこともないんじゃないですか？」

「いいや、そうとはかぎらない。コテージを目印にここまできてさらに森に入っていった奴もいるだろうからな。おまけに中途半端に奥深い分、遺体の捜索隊がここまで足を延ばしているともかぎらない。ということは、つまり……」

この周囲に自殺者の遺体がそのまま残っている可能性もあるということだ。

「何年も前のもんできれいに白骨化してりゃまだいいが、そうでないのを見ちまったらしばらくメシも喰えなくなるぞ。だから、俺が帰ってこないからって心配して、森の中まで探しにくるような真似はすんなってことだ」

聞いていて気持ちのいい話ではなかった。少なくとも、さわやかな朝にはふさわしくない話だ。だが、自分たちのやろうとしていることはそれ以上に血腥《ちなまぐさ》いことだった。

「とりあえず、探しにいくことはしませんよ。あなただって素人に探しにこられたら、元自衛官のプライドが傷つくでしょうから。それに、俺もやらなければならないことは山のようにある」

「集められるかぎりの情報をかき集めたら、今度は想像力を思いっきり働かせろ。あらゆるシミュレーションを頭の中で繰り返せ。そうやってできるだけ穴のない計画を立てろ。もちろん俺が見直しをするが、あまりにも素《す》っ頓狂《とんきょう》なプランなら俺はいつだって下りる心積もりがあるからな」

「下ろさせませんよ。こっちだって払うものは払うんですから。それに……」

「それに、なんだ?」

「前払いした分もありますから」

七生はちょっとふて腐れた表情になって、コーヒーの入ったマグカップを口に運ぶ。吾妻はその意味を察して、ニヤニヤと朝っぱらから下卑た笑みを浮かべている。

「手付金だ。どんな契約でも一割や二割の手付けは常識だろう」

自衛官を辞めたあとずっとドヤ暮らしをしていた男は頭を使うより体を使うほうが断然得

意そうに見えるが、弁は立つし頭の回転も相当に速い。おまけに、辛酸を充分に嘗めてきた経験がある。七生が勝てる相手でないことはもうわかっていた。

例の機密漏洩事件について調べているとき、七生は彼について徹底的に調べ尽くした。吾妻が自衛官になった動機まではわからなかったが、当時の事件に関する新聞記事や週刊誌の特集などは一つ残らず読んだ。

それ以外にも、亡くなった父親の仕事の関係者に頼み込み、吾妻を直接知る人を紹介してもらったりもした。入隊後の彼のことは噂も含めてかなりの情報を集めたと思う。彼が関西のドヤ街に潜んでいるだろうとあたりをつけたのも、それらの情報を元にしてのことだ。

自衛官時代の吾妻は寡黙で黙々と訓練をこなし、ひたすら鍛錬に励み、自身に厳しい男だったようだ。野外訓練では常に上位の成績だったが、そればかりか特技課程や語学などの教育でも突出した成績を挙げていたという。

そんな彼はプライベートについて滅多に話すことがなく、人間関係については周囲とは距離を置いている印象だったと誰もが口を揃える。ただ、入隊当初は親しくしていた同期も何人かいたという。

自衛隊というのはその厳しい訓練のため退役率も高い。親しかった同期も二年、四年の区切りで退職金を受け取り辞めた者も多く、吾妻は同期の中では一番の出世頭だった。また、射撃の腕によってオリンピックの強化選手にも選ばれていたため隊の中では何かと目立った存在であり、同時に周囲から浮いた存在でもあったようだ。

当の本人は周囲の雑音などいっさい気にしている様子もなく、当時の吾妻を知る人の一人が半分嫌味を込めた冗談で、「ロボコップ」とか「ターミネーター」みたいな男と言っていた。つまりは、優秀だが感情が著しく欠落しているという意味だ。

ところが、別の人物から話を聞くと、吾妻の印象はまるで違う。厳しい訓練で辛そうな仲間を見ると、上官に見つからないようにそっと手助けをしてくれたり、さりげなく励ましてくれたりしたという。その人物は四年で自衛隊を辞めていたが、吾妻のことを生真面目で正義感の強い「侍」のような男だったと表現した。

七生自身の印象はというと、ドヤ街で吾妻を見つけたとき、その眼光の鋭さに侍はまだ魂を失っていないと思った。だが、直接会って話してみれば、いささか想像と違う彼がいて戸惑いもあった。

十年もあの街で日雇いの生活をしてきたのだから、自衛官の時代とはその言動が違っていても当然だ。郷に入っては郷に従えのとおり、あの街の色に染まって暮らしてきた十年なのだろう。

それでも、彼はおおむね七生の期待を裏切らない男だと思う。彼と会話していると、露悪的に見せてはいるものの、その奥にある知性がはっきりと感じられる。それ以外には、やはりこの理不尽な社会に対する義憤だろうか。それを一人で抱えるほど愚か者ではないと笑い飛ばしながらも、この世の歪みに彼の心が傷ついているのがときおり透けて見える気がするのだ。

「俺は出かける準備をする。後片付けはまかせた。それから、買出しに出るなら……」

「コンドームですか？」

面倒くさそうに七生が言った。

「馬鹿野郎。色ボケたこと言ってんじゃねぇよ。ここにメモしたもんをできるだけ揃えてこい」

吾妻に「色ボケ」と言われるのは大いに心外だったが、渡されたメモを見て黙って頷く。ロープにコンパス、双眼鏡や折りたたみ式のスコップなど、サバイバルに必要な最低限の備品だった。

今日のところはこれらを何も持たず森に入るつもりらしいが、本当に大丈夫なのだろうか。迷彩服代わりの作業着に安全靴で身を固め、以前から持っていたサバイバルナイフ一挺だけを腰に差してコテージのドアを開け出ていこうとしていた。

「あの、水とかクラッカーくらいは持っていったほうがいいんじゃないですか？」

「遠足じゃないんだ。そんなもんは森の中でどうにかする」

馬鹿なことを言ってしまったと後悔する七生に振り返ると、吾妻が不敵に笑った。そんな彼に言えるのはただ一言だけ。

「気をつけて」

頷いた吾妻は本来の彼自身を取り戻すためにコテージを出ると、深い森の中へと入っていった。


吾妻が出かけてから朝食の後片付けをすると、七生は車で少し離れた町まで買出しに出た。吾妻のメモ書きにあるものを買うためだ。スーパーで売っているものばかりではないが、少し探せばとりあえず一通りのものは揃った。

他にも食料品を買い足して、一応酒もサービス程度に買っておくことにした。あまり飲まれても困るが、翌朝まったく残さないところを見ると自分で飲む量はコントロールできているらしい。それに、七生自身も昨夜の状況では素面でいるのが辛かったりするので、吾妻のためだけというわけでもなかった。

買出しはできるだけ同じ店を使わないようにする。同じ店を使うにしてもある程度日にちを開けて利用し、店の者に特別な印象を残さないよう気をつけた。何か聞かれたときは、コテージを借りたときと同じように、大学の研究で野鳥の観察にきていると話しておく。

とにかく、できるだけ自然に振舞うことが大切だ。後々、ここで怪しげな男二人組が潜伏していたという情報から、自分たちの犯罪に足がついては困るからだ。

コテージに戻ってから、七生はパソコンを立ち上げてこれまで集めたデータの整理を始める。吾妻の言っていたように、情報はできるかぎり集めてきた。ターゲットとなる二人の人物については、その日々の行動も綿密に調べ上げている。

正直、大学に通いながら探偵の真似事をするのは、思っていた以上に大変だった。相手が一般の企業勤めの人間ではなく警察関係者というのが厄介なのだ。下手な尾行をしようものなら反対に職務質問を受けてしまいかねない。それでも、時間をかけ慎重に慎重を重ねて七生はことを進めてきたのだ。

まずは、ターゲットの一人である警察庁刑事局課長補佐の石垣雄治。彼はそもそも警察庁の中では異質な存在だった。

高校卒業後に警察学校に入り、卒業後は交番勤務と機動隊勤務を経て二十八のときに都内某署の刑事課に配属されている。典型的な「叩き上げ組」に属する人間だ。

刑事になった一年後にとある広域指定暴力団組織関係者との癒着が疑問視されるが、あくまでも情報収集のためという理由で言及を逃れている。

この件についてはかぎりなく灰色だったが、内部の人間で彼を庇う者がいたようだ。このあたりから彼の経歴はじょじょに奇妙なものになっていく。

石垣は不祥事があったにもかかわらず、その後なぜか思いがけない出世をしている。同時に、私生活は公僕らしからぬ派手な暮らしぶりだった。現在も独身のままだが、表向きは質素なアパートで生活し、普段の買い物などもごく庶民的なふうを装っているが、実際は高級外車を所有していたり、分不相応なゴルフ場の会員になっていたりする。

そういう奇妙な生活ののち、彼はなぜかキャリアの指定席でもある警察庁刑事局に異動になっている。警察庁は現場捜査をすることはなく、主に警察における政策的な役割を担い、全国の警察を統括し指導する部署だ。そもそも石垣のような男が、よほどの手柄があったからといって潜り込める部署ではない。

内部の人間が奇妙に思うことも、世間から見れば案外気づかれることもない。特に警察は、日本においては一般市民に対して最も開かれていない組織といってもいいのかもしれない。父親の事件から十年を経て、石垣は現在刑事局の課長補佐という肩書きを持つが、内部では完全に孤立した状況であり常に単独で行動している。それは、七生もある程度裏を取っていた。できる範囲で自分の足でも尾行をして確認しているのでほぼ間違いない。

現場捜査に出ることのない局の課長補佐でありながら、ときおりふらりと捜査現場に顔を出してみたり、事件に関わった人物を追っていたりする。だからといって、犯人逮捕のために動いているとも思えない。彼は彼の目的で事件を追っている。

何よりも奇妙なことは、そうやって彼が独自に調査していた事件の関係者があるとき忽然と姿を消したかと思うと、数日後には思いがけない場所で遺体となって発見される。七生が彼について調べるようになってからだけでも五件はあった。確実に石垣が関わったと思われる案件だけでその数だ。おそらく、実際はそれ以上あるのだろう。

一連の流れを充分注視していれば、それがあまりにも奇妙であることは誰の目にもあきらかなのだ。ところが、マスコミは断片的な報道をする。おそらく、そのようにしか報道できないよう情報をコントロールされているか、ときにははっきりと上からの圧力を受けて事実を隠蔽した形での報道をせざるを得ない場合もあるのだろう。

そんな報道記事を読んでいぶかしむことがあったとしても、日々めまぐるしく起こる新たな事件によってすぐさま頭の片隅に押しやられていく。そして、たいていの人間は真剣に疑問を抱《いだ》く間もなく事件そのものを忘れ去ってしまうのだ。

「要するに、そいつは国に飼われている『始末屋』ってことだ」

その日、夜の九時を過ぎて外が完全に闇に包まれた頃、吾妻はコテージに戻ってきた。どこをどう歩いてきたのか、汗まみれで泥まみれの巨体が気配や物音もなくのっそりと現れたときは思わず声を上げそうになった。

そんな七生を横目に吾妻はさっさとシャワーを浴びにいくと、早速冷えた缶ビールを飲んで喉を潤していた。それから、大盛りのご飯に温めたレトルトカレーを二パックかけた遅い夕食を豪快に食べはじめる。その間に七生は石垣についてすでに調べたことを話して聞かせたのだが、その返事が「始末屋」というあまりにも物騒な言葉だった。

「本当にそんな人間が、この日本に存在するんですか？」

「おまえはもう答えを知っているだろう。存在するんだよ。そして、おまえの父親も始末された。国の秩序のためには不利益な人間だとみなされたからだ。いつの世も知りすぎた人間は消される。人を黙らせるには殺すのが一番手っ取り早くて確実だからだ」

吾妻の言うとおり、石垣が父親を殺害したことは間違いない。七生が六年の日々を費やして調べ上げたことだ。だからこそ、彼を第一のターゲットと定めたのだ。

ただ、父親のケースにかぎらず、ごく日常的に「始末屋」という存在が暗躍しているという事実について、吾妻からはっきりと同意を得たのはそれなりの衝撃ではあった。国の直属の組織にいた彼が言う言葉は重い。そして、彼自身もまた命こそ奪われなかったものの、同じように社会から消された人間だからこそ知っている事実というものがあるのだ。

「では、松前正二郎現警視庁副総監は？」

「そいつは傀儡《くぐつ》だろう」

カレーを頬張り、缶ビールを呷りながら吾妻が聞き慣れない言葉を口にした。

「傀儡《かいらい》と言い換えたらわかるか」

「つまり、黒幕はまだ別にいるということですか？」

どこまで闇は深いのだろう。想像していたことであっても、あらためて知らされて気が遠くなる思いを味わっている。

十年前は警視庁の部長職であった松前は副総監にまで出世した。彼は直接手を汚す役割ではない。非情に徹して命令を下すための『傀儡』にすぎない。黒幕の口となり耳となり表の顔の役割も果たす。つまりは黒幕のレプリカ的な存在で、そこに彼の意思はない。まさに、操り人形でしかない『傀儡』だ。

そのとき七生の脳裏に過ぎっていたのは、イェール大学の心理学者によって行われたミルグラム実験についてだった。それは別名アイヒマン実験と呼ばれるもので、権威者の指示に従う人間の心理状況を調べたものである。

被験者にあらかじめ電気ショックの痛みを経験させたのち、今後は自分がそれ与える立場になって実験が行われる。壁の向こうには自分がボタンを押すことで電気ショックを受ける相手がいる。その痛みを知っているにもかかわらず、横で冷徹にこれは必要なことなのだと言われ続けることで、人はこの無慈悲な行為を止めることができなくなる。権威ある者の言葉に従い続け、己の意思による決断はできなくなるという結果が証明された実験だ。

おそらく、松前副総監もすでにこの被験者と同じような立場にあるのだろう。上の権威ある者に、これが君の使命であり国を守ることだと言われ続けて服従し、石垣のような飼い犬に違法な仕事をさせてきた。もはや逆らうことも逃れることもできないものを背負っている彼もまた、見方によれば被害者と言えるだろうか。

「巨悪はけっして顔を出さない。深く暗い闇の中だ。松前が死ねば、次の操り人形がその場所に据えられる。代わりはいくらでもいるってことだ。それでもいいのか？　それでもおまえはこの復讐に意味があると思うのか？」

七生の計画に加担すると決め樹海までやってきておきながら、いまさらのように吾妻は七生の決意を確認する。もちろん、復讐の意味はあると思っている。よしんば松前や石垣に選択の余地がなかったとしても、彼らは公僕でありながら善良で無実である市民を殺害した。その罪は事実であり、けっして消すことはできないのだ。

「巨悪にまで手を伸ばそうとは思っていません。俺はどこにでもいる一介の院生ですよ。国家を敵に回して戦うつもりはありません。ただ、両親を殺した連中をこの手で裁きたいだけです」

闇の底を探ろうなどとはもとより考えていない。自分は自分ができることをするしかない。目的は両親の復讐。それだけにターゲットを絞り、計画を立て確実に実行するだけだ。

「それより、石垣が『始末屋』で、松前が『傀儡』と言ったということは、あなたもこの連中が充分きな臭い真似をしている事実を知っていたってことですよね」

七生が念を押すようにたずねると、吾妻は一瞬だけすっ惚けた顔で視線を逸《そ》らした。彼らしくもない態度に、七生は内心小さくほくそ笑んでいた。

「俺は自分の調査に自信を持っていましたが、あなたの言葉でよりいっそうの確信を得ました。これで迷いなく連中をあの世へ送ることができます」

吾妻はちょっとしゃべりすぎたと自分でも思ったのか軽く肩を竦めている。それを横目に七生はキッチンへ行き、自分も冷蔵庫から缶ビールを一本取り出してプルトップを開ける。普段はあまり酒を飲むほうではないが、吾妻と会話しているとどうも飲まずにはいられない気分になる。買出しのときに酒を買い足しておいてよかったと思った。

吾妻はカレーを食べ終えるとペーパーナプキンで口元をぬぐい、ちょっと皮肉っぽい笑みを浮かべてみせる。

「やっぱり、おまえは情の強い奴だよ。そんなふうだと生きていて苦労が多いだろうに、損な性格だな」

「あなたに言われたくはないですよ。吾妻さんだって損な性格じゃないですか。隊にいたときは成績の悪い人や後輩を庇って、ずいぶんと上官に厳しく当たられていたって聞きましたよ。ドヤ街でもちょっとした顔だったようですね。俺があの街に入って右も左もわからずウロウロしていたら、揉め事や困っていることがあればアズマさんに頼めって親切な人が何人も教えてくれましたから」

「隊の頃の話はもう忘れた。今の俺は自分のことで精一杯だ。それに、どんな不器用な人間でも十年も日の当たらない場所に潜んでいりゃ、少しは小ずるくもなるし要領よくもなるってもんだ」

「俺もあなたの歳になる頃にはそうなっているかもしれませんね」

七生はそう言うと、テーブルの上にタブレット型端末を置いてそこに地図を出す。いつまでも無駄話で夜を過ごしているわけにはいかない。七生は今後の計画を吾妻に話して聞かせる。

「最初のターゲットは石垣です。彼の住んでいるアパートがここです。道が細く入り組んだ、都内でもいわゆる下町のエリアです。ここで狙うには目立ちすぎる。かといって、石垣は日日の行動にパターンがない。いきなり捜査現場に現れたり、予期せぬ場所へ出向いたりもする。また、日によっては警察庁から一歩も出ないときもあります。休日もかなり不規則に取っている」

七生が彼のアパートのあるエリアを地図上で拡大しながら説明する。つまり、平日に勤務している時間帯で石垣を狙うのは難しいということだ。

吾妻は立ち上がるのが億劫《おっくう》なのか、説明を中断させまいと気遣ったのかはわからないが、七生の飲みかけの缶ビールに手を伸ばしてそれを飲みながら先を促す。

「ただ、彼は月に一度、愛車でゴルフに出かけます」

独身で取り立てて趣味のない男だが、例の分不相応な高級外車で会員になっているゴルフ場へ行くのが唯一の楽しみのようだ。出かけるのは決まって第三日曜日。これはこの一年というもの、天候にかかわらず必ず出かけていた。

「どこのゴルフ場だ？」

「神奈川県です。都内から一時間ほどで、早朝に出かけて七時過ぎには着いて八時からプレーする。石垣の行動で確実なのは、このゴルフのための外出だけです。狙うならこのときしかないと思っています」

「家を出たところでは無理だろうな。移動の途中も難しい。ゴルフ場に着いてからか……」

吾妻が神奈川のゴルフ場近辺の地図を自分の指で拡大スクロールしながら言う。

「あるいは、アパートからかなり離れたところに駐車場を借りています。そこならアパート近辺よりは開けている。駐車場で車に乗り込むまでに狙うチャンスがないわけではない」

「いや、それでも県道沿いの民家の多いところはリスクが高い。下町では通りも狭く建物は低くて密集しているからな。おまけに、こういう場所では近隣に顔見知りが多いはずだ。見知らぬ人間が潜んでいれば、誰かが見かけていて記憶に残る可能性が高い」

吾妻の言うとおりだ。七生もその線での可能性は捨てた。そうなると、やっぱりゴルフ場に着いてからということになる。

「ゴルフ場については調べてあるのか？」

七生がモニター上に出しているゴルフ場近辺の地図を見せた。それを拡大してプリントアウトしたものも横に置いて、近隣の情報とともに説明する。

都心に近いゴルフ場とはいえ、周辺に民家はほとんどない。この道を通るのはゴルフの客か、その道をさらに奥深く進めば神奈川から隣県に繋がる山地があり、キャンプやトレッキングを楽しむ者くらいだ。

「コースは林や森に囲まれています。身を潜める場所には事欠きませんが、問題は銃の射程距離と逃走経路ということになります」

12ミリ口径のライフル銃の有効射程距離は約一五〇〇メートル。確実に石垣だけを狙うためには、コースに出ているときは避けたほうがいいかもしれない。

ティーショットのときを狙うこともできるが、しょせんアマチュアゴルファーなのだ。プロのように集中してその場に立ったら、確実にピタリと動かなくなることを期待するのは危険だ。それに一緒に回っている者やキャディに万一のことがあっては困るし、次の仕事へ大きな支障となってしまう。

それについては吾妻も同じ意見だと言ってくれた。

「だとしたら、やっぱりゴルフ場に着いてからの駐車場でしょうか」

幸いなことに、石垣は自分の高級外車が誰かに当てられるのを恐れてか、広い駐車場でも必ず他に車が停まっていない場所を選んで駐車する。それについても確認済みで、こういう習慣は容易には変えられないものだ。

「そこでトランクを開けてゴルフバッグを出す。車の鍵を確認してから受付に向かう。イレギュラーな行動が少ないそのときが一番のチャンスじゃないですか?」

だが、これはあくまでも素人考えでしかない。吾妻がどう考えているか知りたくて彼の表情を確認する。

吾妻は駐車場の周辺をインターネットの地図の実写映像で見ていた。駐車場の奥はコースの第二ホールを見下ろす小高い丘があり、そこへはゴルフ場を一キロほど西に進んだ道路脇から上がっていくことができる。

身を隠す木立も多く、きた道を戻れば人目に触れることなく逃走も可能だ。また、駐車場の奥まった場所だけに、石垣がその場で倒れたとしてもすぐに人が駆けつける可能性も比較的低い。遺体の発見が遅くなれば遅くなるほど、狙撃手《そげきしゅ》が逃走の時間を稼げるということになる。

「俺はこの丘の反対側の斜面を下りたあたりで、車を停めて待っています」

そのまま山越えをしてから中央自動車道を使ってこのコテージに戻ってくるという計画だ。当然ながら、万一人目に触れても怪しまれることのないよう、二人してキャンプに出かける装いで行く。車にもカムフラージュ用にそれなりのものは積んでおくつもりだ。

七生が計画のあらましを語ると、吾妻も地図から視線を外して小さく頷く。

「悪くないな。まぁ、妥当な計画だ」

「それだけですか？　他に修正案などがあれば聞かせてください」

「いや、特にない」

ずいぶんとあっさりプロからオーケーが出たので、七生にしてみればいささか拍子抜けした気分だった。もしかして、いい加減な気分で話を聞き流しているのだろうか。七生から情報だけを得て、最終的には自分の判断で実行しようとしているのかもしれない。

だが、依頼主の七生を無視してそんな真似をしてもらっては困る。そのことを問いただしたら、吾妻は軽く肩を竦めてみせる。

「プロといっても元だ。とはいえ、こっちも命がけの仕事になる。しくじって塀の中に入るのは真っ平なんで、やるかぎりは必ず成功させる。そのつもりで、おまえの計画は悪くないと言っているんだ」

信じていいのだろうか。まだ疑うように彼を見ていると、吾妻が言葉を続けた。

「今月の第三日曜は四日後か。もう一度下見に行けよ。そのときは俺もついていく。狙う場所や逃走経路の確認をしておいたほうがいいだろうからな。現場に行って何か重大な支障があるようなら、そのときは計画を変更してもらうことになる」

その言葉を聞いて、七生もようやく納得した。とにかく、今週末には一度吾妻とともに都内に戻ることにした。土日を使ってアパートからゴルフ場までの経路とゴルフ場周辺の下見をかねて、石垣の行動を再確認する。問題がなければ決行の日は吾妻の言うとおり、翌月の第三日曜日でいい。

「そういえば、おまえの家は都内だろう。叔父さんに会いに帰らなくていいのか?」

「叔父には夏休みの間は戻らないと書置きしてきましたから、吾妻さんと一緒にホテルに泊まります」

「心配してんじゃねぇか？　まさかこんな怪しげな男と一緒にいるとは思っていないだろうけどな」

心配はしていると思う。これまで信じてくれていたように、今回も七生が元気に旅を終えて戻ってくることを祈ってくれているだろう。

二人の関係は仲のいい叔父と甥であるとともに、大切な肉親を不幸な事件で失ったという他人には理解できない絆《きずな》があった。

そんな二人が生活を始めたとき、最初に簡単なルールを決めたが、要するに互いの生活には過剰に干渉し合わないというのが基本だった。彼は生活全般において口うるさいことを言うことはなかったし、七生も叔父が心配するようなことはせず学業に励み、家のことも率先して手伝い、いい義理の息子であると同時に、いい同居人であろうとしてきた。

互いの信頼関係があるからこそ、放任されてきたのだと思っている。七生は長期の休暇には旅に出ることが多かったので、今回の書置きを見ても特に驚くことはなかったと思う。七生も数日に一度は虚実を織り交ぜながら、叔父が心配しないよう旅を楽しんでいるという内容のメールを送っている。

だが、今回の旅もそうであるように、これまでの旅もすべては両親の死の真実を確かめるために出かけていたことを叔父は知らない。あるいは、知っていたとしてもあえて黙認していてくれた。ただし、今度の旅が七生にとって最後の旅になることは、きっと知らずにいる。

叔父のことを考えるとき、唯一七生の心に小さな迷いが生じる。自分が復讐という名の犯罪に手を染めたら、一番悲しむのは叔父だ。叔父にとっても、実の姉と義理の兄をあんな形でなくしたのはあまりにも無念だったと思っている。それでも、残された人生は七生の成長を見守ることで平穏に生きていきたいと常日頃から言っている。

だからこそ、叔父は父のノートのコピーを金庫にしまい込み、七生の目に触れないようにしてきたのだ。それは吾妻にも指摘されたように、七生だけは不幸の連鎖に巻き込まれないでくれと祈るような気持ちがあったからだろう。

あの日、金庫が開いていたのは偶然だった。叔父は必要な書類を金庫から取り出したあと、約束の時間に遅れそうだったためにうっかり鍵をかけ忘れて家を出てしまったのだ。

帰宅した叔父がそれに気づいたとき、あわてて七生に書斎に入らなかったかと確認にやってきた。そのとき、七生はすでにノートのコピーのコピーを取り終えていた。そして、それを金庫に戻し素知らぬ顔で自分も午後は外出していたと言った。叔父は七生の言葉を信じたようで、安堵の吐息を漏らしながらひどく慌てていた自分を照れたように笑ってごまかしていた。

その数ヶ月後、七生は志望大学に合格し、叔父はとても喜んでお気に入りのフレンチレストランでお祝いの食事会をしてくれた。二人きりの食事会だったが、七生のパスケースには両親の写真が入っていて、あれは四人での食事会だったと思っている。

だが、大学生活は七生にとってけっして明るい将来への第一歩ではなかった。それは復讐のための序章となった。表向きは大学生活を楽しんでいるように見えただろう。ときには女の子とつき合い、ときには友人と旅行に出かけ、ときには飲み会で夜遅くに帰宅したり、バイトに励んでいた時期もあった。

叔父はそんな七生の様子を見ていて体調や怪我を案じることはあっても、大学の成績が優秀であることについては大いに喜んでくれていた。大学院に進むように薦めてくれたのも叔父だった。会社勤めになれば両親のことを調べる時間を作るのが難しくなると思っていたから、本当は七生のほうから院への進学を相談しようとしていた矢先のことだった。

学費は両親の保険金があるから心配ないと言われ、七生は叔父の言葉に甘えるように院に進学した。そこで犯罪心理学を研究課題に選ぶことにより、さらに踏み込んで事件について調べる大義名分ができた。振り返ってみれば、七生の大学生活はありきたりな学生生活にカムフラージュされた地道な捜査一色だったのだ。

そして、その集大成がこの夏だ。夏が終わる頃には七生の復讐も終わっている。自分はようやく両親の死の呪縛《じゅばく》から解放される日を迎えることができるのだ。

「叔父さんにとっては息子も同然なんだろう。引き取って育ててもらいながら、こんな真似をしていると知ったらさぞかし悲しむんじゃないか？」

吾妻の言葉が七生の複雑な心を抉る。この男は多くの苦い経験をしてきたから、人の心の痛みがわかりすぎるほどわかるのだ。七生の弱い部分もちゃんと気づいていて、一番痛いところを突いては心を揺さぶろうとする。

「あなたには関係ないことです。それより、言われていた買い物ですが、そこにありますから確認してください」

七生はあえて話題を変えるように、リビングの片隅に積んである買出しの荷物を指差した。吾妻が袋や段ボールを開き、一つ一つ手に取って見ながら頰を緩める。

言われていた双眼鏡やコンパスだけでなく、フルフィンガーグローブやタクティカルベストにニーパッド、それにダッフルバッグなども買い揃えておいた。

「へぇ、なかなか集めたじゃないか。レプリカもあるが軍の放出のもんもある。これはオランダ軍のだな。こっちはアメリカか」

「ネットでしか手に入らないかと思っていましたが、案外簡単に見つかりました」

樹海の一部のエリアではサバイバルゲームを楽しむ連中が多いらしく、そのための備品を売っている店が少し先の町に何軒かあったのだ。

もちろん、自衛隊が使っているものと同じ品質は無理だとしても、ほぼそれに近いものはあった。また、吾妻の言うように海外の軍から放出された中古品もあり、それらは充分な強度や機能性を持っている。吾妻も手にとって一応満足している様子だった。

「明日はどうするんですか？」

「また森に入る。今日よりも少し遠くまで行く。体の感覚も少しずつ戻していかないとな。それに、射撃の実弾訓練のできる場所を探しておかなければならない」

そう言いながら備品を手にする吾妻の目は、ドヤ街にいたときとはあきらかに違っていた。たった一日、古巣の森に帰ってきただけで彼の中で眠っていた何かが目覚めつつあるようだった。

『戦闘と人殺しのカンだよ』

吾妻は不敵に笑ってそれを取り戻すと言っていた。七生は吾妻を見ながら叔父のことを思い、同時に吾妻自身についても考えていた。自分が依頼したことだが、吾妻はすべてを承知して引き受けた。それでも、彼の手を血で染めることを思うと心がひどく重くなる。

たとえ社会から抹殺されたようにドヤ街でその日暮らしをしていても、吾妻の手は汚れていなかった。それを七生が復讐を果たすために汚してくれと頼んだのだ。

七生が現れなければ、吾妻の人生はまだあのドヤ街にあったとしても、それはそれで平穏だったのかもしれない。申し訳ないと思う気持ちはある。だが、もう後戻りはできなかった。

◆◆

石垣《いしがき》暗殺に関する下見の計画を立てた翌日から、吾妻《あずま》は丸二日間コテージに戻ってくることはなかった。

土曜日には東京に向けて出発することは告げてあったが、彼がコテージに戻ってきたのは土曜日の朝だった。初日よりは装備を整えて出かけていったとはいえ、昨日は一日雨が降っていた。どうやって森の中で過ごしていたのか、何を食べて何を飲んでいたのか聞くのが怖くて七生《ななお》は黙って彼をコテージに迎え入れた。

いつものようにシャワーを浴びた彼は、七生が用意した朝食をあっという間にたいらげた。

「ちゃんと噛《か》んでますか？　そういう食べ方は体によくないと思いますけど……」

「これは癖だ。隊にいた頃は『早メシ・早グソ』って言ってな、グズグズしてたら腕立て百回が待ってんだよ。自分だけじゃない。同じ隊の仲間も連帯責任になる。迷惑をかけないためにも喰《く》えなくても喰うし、出なくても出すんだよ」

梅雨も明けたさわやかな夏の朝に聞く話でもない気がした。それでも、吾妻が着実に昔のカンを取り戻しているのはわかる。この二日間で体がさらに引き締まり、頰《ほお》の肉が削《そ》げ落ちた。

シャワーのあとジーンズとシャツ姿に着替えた吾妻はどこにでもいる三十代の男にも見え

るが、普通の格好になるほどに美貌《びぼう》が際立つのは皮肉な気もする。また、無精髭《ひげ》が少々ワイルドすぎた。それでなくても整った容貌と眼光の鋭さが、否応なしに人目を引いてしまうのだ。せめて髭は剃《そ》ってもらえないかと頼むと、吾妻は車の中で電気シェーバーを使って剃ると言ってさっさと出かけようとする。

食べるのも用を足すのも速いが、とにかくすべての行動が迅速だ。これも隊にいた頃のカンを取り戻しているからかもしれないが、ついていく七生のほうが大変になってきていた。

「どうせ寝不足でしょうから、運転は俺がします」

七生が言うよりも先に吾妻は助手席に向かっていた。行動は迅速だが、一旦スイッチを切るとどこまでも省エネになるようだ。少しばかり呆《あき》れながら運転席に座ると、吾妻に向かって言った。

「都内に着く前に髭だけは剃ってくださいよ」

「都内に着く三十分前に起こしてくれたら剃る」

コテージを出て河口湖《かわぐちこ》方面に向かい走り出してわずか数分で、吾妻はすでにシートを倒し眠りに落ちていた。本当に何もかも素早い男だと感心してしまう。と同時に、その寝顔をチラチラと見ながらその横顔の美しさにも感心している。

七生の人生でこれまで「美しさ」というものに感動したり、心が妖《あや》しく騒いだりしたことはない。女の子で可愛いと思う子はいたし、つき合って心弾むことがなかったわけではない。

また、幼い頃に父親に連れていってもらったプラネタリウムや、学校の野外活動のキャンプで見た夜空の星のきらめきにワクワクしたことも覚えている。

けれど、人を見てそれを感じたことは生まれて初めてかもしれない。十年前の事件について新聞や週刊誌に出ていた吾妻の写真を見たときは、ひどく無愛想で暗そうな印象だった。今となってみればマスコミが犯罪者らしく取り上げるために、意図的にそういう写真を使っていたのではないかと疑いたくなっていた。

それでも眼光の鋭さから、ぬるま湯の世間とは隔絶した世界で生きている男だということは容易に想像ができた。その後、関西のドヤ街で会った彼は、髪や髭は伸び周囲の空気に溶け込むように独特のだらしなさを漂わせていた。それでも、正面から彼と視線を合わせたとき、七生は彼が自分の探している男だとはっきり認識した。

あれから一緒にドヤ街を出て、それなりの時間をともに過ごしてきた。もう何度か抱かれもした。露悪的な態度も、下卑た口調も、粗野な振る舞いもいやというほど見せつけられてきた。それでも、なぜか未だにこの男に嫌悪というものを感じていない自分が不思議だった。

自分にはない強さを持っている男に憧《あこが》れる気持ちだろうか。世の中の理不尽な仕打ちに打ちのめされてなお、たくましく生きている姿にはある種の感動はある。だが、そういう精神的な部分で感心するよりも、吾妻という有機体そのものが独特の魅力を発しているのだと思う。生きている人が美しいというのはこういうことなのかと、七生は吾妻を見て初めて知った気がするのだ。

そんなことを考えながらハンドルを握り、そろそろ高速道路に入ろうかというときだった。

「おい、俺の顔を盗み見て何がおもしろいんだ？」

いきなり吾妻が目を閉じたまま言った。眠っていると思っていたが、そうではなかったらしい。

「眠らないなら運転を代わってもらえますか？」

「いや、それはやめておく。高速の単調な道は眠気《ねむけ》を誘う」

「だったら、おとなしく眠っていてください」

「だったら、そっちこそちゃんと前を見て運転しろよ。事故ったら計画そのものが台無しだぞ」

高速道路入り口手前で赤信号に引っかかり車を停めた七生が、ムッとしたように隣の吾妻を睨《にら》む。すると、その視線を感じたかのように吾妻が目を開いて倒していたシートを起こす。

「眠らないんですか？」

「もう充分だ。これで夜まではもつ」

吾妻が眠っていたのは、コテージを出てから高速道路に乗る手前までのわずか三十分程度だ。

「訓練では眠らずに昼夜歩くこともあった。三十分でも熟睡すれば脳の機能も体力もかなり回復する」

「まるで化け物ですね」

それは極めて正直な感想で、べつに悪い意味で言ったわけではない。それに、自衛隊時代の吾妻の同期の男も言っていた。まるで「ロボコップ」か「ターミネーター」みたいな奴だったと。そんなふざけた呼び名よりは「化け物」のほうが単純に吾妻に相応《ふさわ》しい気がしただけだ。

だが、吾妻がしばらく黙ったままでいるので、もしかして怒ったのかと思ってチラッと横目で彼を見た。その瞬間、吾妻がいきなり噴き出したかと思うと声を上げて笑う。

「化け物か。確かに、そうかもしれん。もともと俺は脳みそが化け物めいていて、親にも心配されていたからな。自衛隊に入ってからはその化け物っぷりに拍車がかかって、自分で自分が不気味だったくらいだ。おまえ、なかなかうまいこと言うじゃないか」

七生が彼に会ってからこの数週間の間で、こんなふうに思いっきり声に出して大笑いしている姿は初めて見る。だが、たった今吾妻が言った言葉は、聞かされた七生のほうがまったく笑える内容ではなかった。

何から訊《き》けばいいのだろう。ハンドルを握り高速道路を東に向かって走りながら、七生は懸命に言葉を探していた。適当な言葉が見つからないままたずねたのは、少々的外れだったかもしれないが、あるいはいい切り口だったかもしれない。

「一つ訊いてもいいですか？　吾妻さんはどうして自衛隊に入ったんですか？」

七生の質問にようやく笑いをおさめた吾妻が、窓に肘《ひじ》を置いて頬杖《ほおづえ》をつきながらどこか遠くの景色に視線をやっている。その口は閉ざされたままで、七生の質問に答える様子はなかった。

吾妻のことはいろいろと調べてみたが、高校を卒業したあとはすぐに自衛隊に入っている。高校の担任の話では成績は優秀だったらしいが、なぜか本人が強く自衛隊への入隊を希望していたということだった。

「答えたくなければべつにけっこうですけどね」

七生が諦《あきら》めたようにそう言ったときだった。吾妻がボソリと呟《つぶや》くように言った。

「俺は自分の居場所を探していただけだ」

「居場所ですか？」

その言葉はさっきの言葉とともに、彼が生まれ育った家庭で幸せではなかったことを示唆しているように思えた。もしそうだとしたら、彼の過去についてはあまり不用意に踏み込むべきではないだろう。ところが、七生が次の言葉を言いあぐねている間に、吾妻が自らの過去を語りだした。

「親は無条件で自分の子どもに愛情をそそいでくれると思うか？　まぁ、普通はそうだろうな。だが、例外はあるさ」

「親御さんとはうまくいってなかったんですか？　今もご健在なんですよね？」

「さぁな。実の親は知らん。育ての親なら元気に暮らしているんじゃないか」

「え……っ？」

声を漏らして、一瞬だけ吾妻のほうを見た。

「おまえの『皆川《みながわ》』と同じだ。俺の『吾妻』という苗字《みょうじ》もあとからもらったもんだ。ただし、俺は生後三ヶ月のときに養子に入ったんで、実の親のことは何も知らん」

「そうだったんですか。じゃ、養子に入った家庭では……」

「敬虔《けいけん》なクリスチャンで、いい両親だった。愛情深く養子の俺を育ててくれた。俺は十二歳になるまで自分が養子であることも知らずに育った。親は一生言う気もなかったようだが、俺は両親にはどこも似たところがなかったし、親族の中には一人や二人口の軽い者はいる」

親がクリスチャンだったと聞いて、七生は以前吾妻が何気なく口にした「創造主」という言葉を思い出した。育ての親から神の存在について教えられてきたのだろう。だが、今の吾妻が神を信じているとは思えなかった。

自分が養子であるということを知った吾妻だが、それでも両親との関係は本当の親子となんら変わらなかったという。ただし、その頃から吾妻自身は自分という人間がわからなくなってきた。学業でいい成績を取りクラブ活動で活躍すれば、親は吾妻の成長を喜んでくれる。だが、それだけでは吾妻の中にある何かが満たされない。

まして神に祈ったところで、自分の中に巣食う曖昧模糊《あいまいもこ》とした不安は消えることはなかったという。衣食住と愛情に恵まれて育ったにもかかわらず、吾妻本人は自分のアイデンティティーについて戸惑いを覚えるようになっていたのだ。

「勉強もスポーツもそれなりに夢中になればおもしろい。だが、物足りない。穏やかな性格の両親とは違う何か荒ぶるものが俺の中にあって、そいつが暴れだすのを抑えるのに必死だった。いったい俺はどんな人間から生まれてきたのか、いったい俺の中にはどんな血が流れているのか、そのことを考えると夜も眠れなくなった」

七生は車を走らせながら、黙って吾妻の言葉に耳を傾けていた。

「高校を卒業するとき、親は当然のように大学進学を薦めてくれた。だが、俺はもう耐えられなかった。学業やスポーツじゃ足りない。もっと自分を追いつめる何かが必要だったんだ」

「それで自衛隊ですか？」

吾妻はニヤリと笑った。いつもの不敵な笑みとは少し違う。七生は微《かす》かに背筋が冷たくなるのを感じていた。

「隊にいたときは楽しかったぞ。新しく覚えることは山のようにあるし、馬鹿みたいに体力を使って、おまけに規律は徹底して厳しい。どこまでやれば自分の限界がくるのか、俺はもう夢中になっていた。まるで新しい遊びを覚えたばかりのガキみたいにな」

普通の人なら悲鳴を上げるような訓練も、吾妻にとっては遊びのように楽しかったという。

この男は知能も身体能力も元から人並み外れていたのだろう。周囲と違う自分を認識するほどに、自分がどんな親から生まれたのか考えてきたという。育ててくれた両親に感謝しながらも、「普通」でいることができない突出した器を完全にもてあましていたのだ。

七生が彼を「化け物」と言ったとき、吾妻が思いのほか受けて大笑いした意味がようやくわかった。彼は自分で自分のことを半ば本気でそう思っているのだろう。

「特に、射撃は性に合っていたらしい。初めて実弾を撃って、それが的の中央に当たったときの爽快感は今でもはっきりと覚えている。的を狙《ねら》って集中している間はいっさい余計なことを考えない。無の境地に入ることができる。俺にとっては最高のゲームだった」

「射撃がゲームですか？　パソコンのシューティングゲームじゃあるまいし、実弾を撃って楽しいというのはあまりシャレになりませんね。まして、オリンピックの強化選手がそれじゃ……」

七生が苦笑交じりに言うと、吾妻も喉《のど》を鳴らし笑いながら答える。

「オリンピックなんてのは正直どうでもよかった。弾を撃っているだけで楽しかったからな」

こうやって聞いていると、吾妻には国を守るという意識はなく、ただ己の力を発散させるために隊にいたとしか思えない。だが、彼は機密漏洩《ろうえい》事件では上官の不正を糾弾しようとしていたはずだ。組織に対する忠誠心と国益を守るという思いはあったのだと思う。

七生がそのことを訊いてみると、吾妻は珍しく真剣な表情になって言う。

「俺は自分の力をどう使えばいいのかわからずにいた。だが、育ての親に一つだけしっかりと教わったことがある」

「それは……？」

何気なくたずねた七生に、吾妻がきっぱりと言った。

「悪には染まるな。それだけだ」

その言葉に七生がハッと息を呑《の》む。

おそらく、彼の育ての親は吾妻の突出したあらゆる能力について案じていたのだろう。彼がこの力を悪い方向へ発揮したなら、世の中にとって大きな災いになる。だから、どうか悪には染まらないでくれと祈るような気持ちだったに違いない。

そんな彼に自分の復讐を手伝ってくれるように依頼した。七生は彼の育ての親の願いを打ち砕くことになる。やっぱり彼を巻き込んだことは間違いだったのだろうか。けれど、どうしても自分の力だけではこの復讐を果たすことができない。

苦悩する七生を慰めるつもりなど毛頭なかっただろうが、吾妻は自嘲《じちょうてき》的な笑みとともに肩を竦《すく》めてみせる。

「俺は正しいことをしたつもりだった。だが、結果的には世間から機密漏洩事件の犯人とされて、せっかくの居場所からも追い立てられた。自分の無実を証明できないなら、もはや育ての親に合わせる顔もない。俺は自分が無条件で愛されていたとは思っていない。悪に染まらないでいてくれれば、彼らも俺を息子だと思い続けてくれただろう。だが、今となってはもう彼らの息子を名乗る資格はない」

どうか悪には染まってくれるなという親の願いは、吾妻の心に重くのしかかっていたのだろう。冤罪《えんざい》であっても、それを証明できない自分はこの世では「悪」であると吾妻自身が認識したのだ。

吾妻は裁判では証拠不十分で不起訴となったが、自衛隊は免職となっていた。だが、その裏では今後いっさいこの事件についてマスコミや公の場では語らないという条件を出され、本来なら支払われることのない退職金を受け取ったという。それは、けっして少なくない金額で、吾妻は全額を育ての親の口座に振り込んだのち関西へと姿を消した。

「その後は一度もご両親には会っていないんですか?」

「俺のことはもう死んだと思って諦めているだろうさ」

そう言ったあと吾妻はもう何も語らなくなってしまった。七生ももう何も聞くつもりはなかった。

自分が背負ってきたものをひどく重く感じて生きてきた。だが、吾妻は七生よりももっと早くから、もっと重いものを背負って生きてきたのかもしれない。そして、やっと見つけた自分の居場所も理不尽な事情で追われることになった。不名誉なレッテルもつけられ、育ての親とも疎遠になった。

吾妻の人生を思うとき七生は何か苦いものが腹の底から込み上げてくる気がしたが、それを飲み下し今はひたすら東京を目指すだけだった。

「驚くほど空々しい街だな。昔はそんなことも思わなかったが、歩いている連中がみんな失敗作のアンドロイドに見える」

十年ぶりに東京に戻った吾妻の言葉だった。

「俺もそんなふうに見えますか？」

二人で安いビジネスホテルに落ち着いてから、明日の計画を立てる前に食事に行ってきたところだ。ホテルの部屋に戻る途中、しっかり日本酒のカップを五本も買い込んでいた吾妻が一つのプルトップを開けながら七生を見て口元を歪《ゆが》める。すっかり見慣れた吾妻特有の笑い方だ。

「おまえはアンドロイドじゃねぇよ。復讐に取りつかれた幽鬼みたいなもんだ。それで、俺は化け物。そんな奇妙な奴がウロウロしているのにどこよりも平和で安全なんだから、まったくおもしろい国だ」

酒を飲む前から酔っ払いのようなことを言う。だが、その言葉を真っ向から否定する気にもならない。自分は確かに吾妻の言うとおり、復讐に取りつかれている。どうしてもその思いから逃れることはできないのだ。

「明日の予定ですが、早朝から石垣の部屋を張って、ゴルフ場に出かけるまで尾行します。石垣がプレーに入ってから、ゴルフ場周辺を調べて狙撃《そげき》のための場所を探し、逃走経路の確認をするということでいいですか？」

「いいだろう。で、来週の予定は？」

「吾妻さんは明日にでも車を運転して、一人でコテージに戻ってください。その後はいつもどおり訓練を続けてもらってけっこうです」

「おまえはどうする？」

「俺はしばらくこちらに残ります。石垣暗殺の計画はほぼ固まりました。次は松前《まつまえ》のほうです。こちらもかなり下調べはしていますが、石垣と違って彼には警護の人間がついています。さらに綿密な計画を立てる必要がありますし、そのためには最新の情報を収集しなければなりませんから」

松前は毎朝警視庁へ向かう車のルートを定期的に変える。警護の数も副総監の立場では異例の二名だ。もちろん、本人にいつ狙われるかわからないという自覚があるからだ。こんな平和な国にいて、常に暗殺に怯《おび》える生活を送るというのはどういう気分なのだろう。

選択の余地などなくその立場に追いやられたと言うかもしれないが、その見返りとして充分すぎる地位と金を得ている人生はそれなりに愉快なのだろうか。七生には知る由もないことだった。

「探偵ごっこもいいが、せいぜい気をつけろよ。向こうはプロだ。鼻がきく猟犬みたいなもんだ。どんなに見た目は一般人を装っていても、匂いで異変をかぎつける」

「匂いですか？」

本物の犬ではないのだから、犯罪者やその予備軍から特別な匂いがしているとは思えないが、吾妻が言うとなんとなく本当のような気がする。

「必要があって連中に近づくときは、頭の中でまったく違うことを考えろ。たとえば好きな女のことでも、気になっている本の続きでも、とにかくターゲット以外のことを考えながら近づくんだ。そうすりゃ、連中の鼻は働かない」

「そういうもんですか？」

「ああ、そういうもんだ。元プロが言うんだから、信じておけよ。おまえがしくじったら、俺は五千万をもらい損ねる。こっちもそろそろ本気を出すんだから、そっちもこれまで以上に慎重にやれ」

ドヤ街から彼を連れ出すときは、まだ彼が本当にこの話に乗ってくれたのか半信半疑な部分はあった。だが、一緒にいる時間が長くなるにつれて、彼の本気が伝わってくるのは七生にとって大きな安心材料だった。

「わかっていると思いますけど明日は早いので、あまり飲みすぎないでくださいね」

七生はそれだけ言うと、ツインルームの片方のベッドに横になる。シャワーは食事に出る前に浴びているので、あとはさっさと眠るだけだ。

ブランケットとベッドカバーを引っ張り上げて吾妻に背を向けて横になり、枕の下に置いてある携帯電話に指先で触れる。明日の朝は四時にアラームをセットしている。五時前にはここを出て石垣のアパート近辺で待機する予定だ。

目を閉じれば、半日運転していた疲れですぐに睡魔がやってくる。七生がうつらうつらしていると、自分のベッドに誰かが座り、スプリングが沈むのがわかった。

誰かといってもこの部屋には自分と吾妻しかいない。吾妻が自分のベッドに腰かけている意味を考えたが、答えは一つしかなかった。

「今夜は勘弁してください……」

七生は溜息《ためいき》交じりの声でそう言った。

「しばらくコテージには戻ってこないだろうが。俺も今度森にはいったら、五日は戻らない。だったら、今夜抱いておかなけりゃな」

そう言いながら、もうブランケットをめくり七生の体を撫《な》で回している。

「ここは樹海《じゅかい》じゃないんです。遊びに行く金なら出しますから」

都内にいれば、女でも男でも遊ぶ相手を見つけるのはそう難しくはないはずだ。まして、ここはその手の店が集まる繁華街からそう遠い場所でもない。

「俺はおまえが気に入っているんだ」

「体が持ちません。あなたみたいに体力がないんです」

「明日の尾行は俺が運転してやる」

「だからって、助手席で眠っていられるわけでもないですから」

「つべこべ言うなよ。抱きたいときに抱かせろ」

「あなた、言っていることもやっていることも、ときどきひどく滅茶苦茶だ……」

睡魔のせいでいささかだらしのない口調で呟いた。そんな七生を抱き起こし、吾妻が唇を重ねてくる。都内に着く前に髭を剃った彼の頬はすべらかだった。大きな手は温かく、胸や背中を撫でられると冷房が効いた部屋では心地がいい。

股間《こかん》への愛撫《あいぶ》が七生を睡魔から引き戻し、快感をこの体に植えつけていく。

「ああ……っ。んんっ、んぁ……っ」

甘い声が自然と漏れる。身を捩《よじ》るほどに官能の渦に呑み込まれていく自分がわかる。

「まだ数度しか抱いてないのに、すっかりいい声で啼《な》くようになったな。やっぱり、おまえはこっち側の人間ってことだ」

「そんなこと……。あっ、ああ……っ」

体が抵抗できずにいるのに、言葉で何を言っても無駄だ。そうやって吾妻の愛撫に溺《おぼ》れながら、七生は今夜も不思議な安堵感《あんどかん》を覚えている。

同性に抱かれることなど、これまでの人生で考えたこともなかった。吾妻にそれを望まれとき、最初は覚悟を試されているのかと思ったし、二度目はこれも無謀な依頼を引き受けてもらうための条件なら耐えるしかないと思った。

だが、自分が吾妻に対して嫌悪感を抱《いだ》いていないことは確かだ。それどころか、彼の腕の中にいると妙な安心感がある。この厚い胸とたくましい腕の中で、七生は復讐という目的に突っ走る己の張り詰めた人生に安らぎに似た何かを感じることがある。あるいは、心強さだろうか。この男のそばにいることで、七生はこれまでの孤独な戦いからの解放を感じている。

計画当初は一人ですべてを決行するつもりでいた。だが、十年の月日で両親の死に直接関わった人間をどうにか炙《あぶ》り出したものの、彼らの立場は以前とは違っていた。

それでなくても警察関係者を相手に素人《しろうと》が戦うのは分が悪すぎる。そればかりか彼らは組織のより中枢に近づいていた。七生が捨て身で突進していったところで犬死は火を見るよりあきらかだ。

復讐は許されざる行為だとわかっている。これは自己満足でしかない。けれど、それを果たさなければ七生は先の人生に進めない。

両親の事件と同じ時期に起こっていた自衛隊の機密漏洩事件のことは、ずっと頭の片隅にあった。きっかけは偶然とも必然ともいえることだった。

七生が大学四年になり院への進学も決まった頃、春休みを利用してある人物に会いにいった。他でもない。亡くなった父親の同期で、かつてA新聞社の社会部で記者をしていた大沢《おおさわ》健治《けんじ》という男である。

大沢はこのとき五十になっていて、すでに新聞社を早期退職していた。彼は十年前に妻と死別しており、子どももおらず一人身だったので、退職後は故郷の山陰地方のとある町へ戻り静かに暮らしていた。

父の事件について知りたいと訪ねていったとき、彼は七生に自分の同期の面影を見たのか、とても懐かしそうに出迎えてくれた。そして、知っているかぎりの話を聞かせてくれた。もちろん、七生が復讐の計画を心に描いているとは夢にも思っていなかったのだろう。

その頃は地方紙の編集を行いながら生計を立てて、これからは田舎町で余生を過ごすと寂しげに笑っていた彼からは、世の中の理不尽さと己の義憤がまかり通らないことへの疲れが滲《にじ》みでていた。

『田神《たがみ》くんは無実だよ。あれはあきらかに冤罪だ。俺には自殺さえ信じられない。けれど、それを今になって覆すことはあまりにも難しい。諦めろというのは酷な話だとわかっているさ。でも、君だけでも新しい人生を新しい名前で生きてほしいと願っているよ』

大沢もおおむね叔父《おじ》と同じ意見だった。彼もまた亡くなった父親から真実を聞かされていたのだろうか。叔父が持っていたコピーと同じものを彼も所持しているのだろうか。七生はそのことをたずねてみようかと思ったが、結局はできなかった。

一線を退いた彼だったが、過去には危険も省みず社会事件を追っていた記者だ。その魂はしっかりと残っていたようで、地元の牧歌的な記事を編集している傍らで過去の冤罪と思われる事件についてコツコツと調べていた。

『君のお父さんのことを調べているとき、ちょっと気になった記事があってね。俺は担当じゃなかったんだが、同じ時期に起こっている事件で、これもおそらく冤罪だったと俺は睨んでいるよ』

そう言いながら大沢が見せてくれたのが、吾妻に関する機密漏洩事件の記事だった。そのときは、それほど大きな関心は持たなかった。だが、自分の無謀な計画を実行に移すために、誰かの力を借りなければならないと本気で考えるようになったとき、七生の中で吾妻という男がまるで天からの啓示のように浮上してきた。

吾妻について本格的に調べるようになったのはそれからだ。大沢ともたびたび電話やメールなどで連絡を取り、吾妻について教えてもらった。大学で犯罪心理学を研究しているので、その参考資料として使いたいと話すと、情報の出所はいっさい伏せておくという条件で大沢は自分の見解も含めてかなり詳しいことまで教えてくれた。

その後、七生が独自に調べた結果も印象はかぎりなく「白」だった。そして、吾妻という男が社会から姿を消したという事実だけが最終結論として残った。

七生が吾妻に賭けてみようと思ったのは、彼のある写真を見たときだ。それは、雑誌に載った白黒の自衛隊のユニフォーム姿の肩から上の顔写真だった。新聞や雑誌の印刷にかかると、往々にして人相が悪く見えたりするものだ。吾妻もまた目鼻立ちがくっきりとしていて、眉《まゆ》は太く眼光が鋭い分、その印象は強烈なものがあった。

きっとこの男は黙って引き下がるような人間ではない。それは七生の直感だった。今は身を潜めているとしても、何も諦めてはいないだろう。

奇《く》しくも七生の父親が探り当てた真実と、吾妻が濡《ぬ》れ衣《ぎぬ》を着せられた事件には一つの共通点があった。猟奇殺人の犯人を追って父親が手繰《たぐ》り寄せた糸も、吾妻の上官が機密を漏洩していた相手も同じ某国の在日領事だった。

吾妻は自分の事件でさえ「忘れた」と言い捨てている。七生の父親の事件が自分の事件と水面下でなんらかの繋《つな》がりがあることは気づいているのかもしれないが、それについてもいっさい口を閉ざしている。

それでも、七生の話を聞いて最終的には彼の判断でこの依頼を受けてくれた。やっぱり、彼自身も復讐を諦めていたわけではないのだと思った。

ただ、彼の育ての親が言ったという言葉は重い。七生の両親がもし夢枕に立つようなことがあれば、きっと同じように『悪に染まるな』と言うだろう。それでも、悪に染まるまいとして悪に染められることもあるのだ。七生はそんな世の中で笑って生きていくことができない。

「あ……っ、あ、吾妻さん……っ」

大きな手が七生自身をやんわりと擦《こす》り上げて、体の中から快感を否応なしに引きずりだす。身悶《みもだ》えてたまらず彼の首筋に抱きついていくと、吾妻が耳元で低く囁《ささや》いた。

「七生……」

ぶるっと体が震えた。もしかしたら、吾妻に名前を呼ばれたのは初めてかもしれない。そう思った途端、彼という存在がものすごく自分に近づいたような気がした。

「な、名前……」

「名前がどうした？」

そう訊きながら吾妻が準備を整えて、七生の体の中に入ってくる。その圧迫感に掠《かす》れた小さな悲鳴を上げながら、懇願するように言った。

「名前を呼んで……。もう一度、名前を……」

すると、吾妻は少し驚いたように動きを止めた。それを見て七生もまた気恥ずかしさに似た戸惑いを覚え、吾妻から視線を逸《そ》らしてしまった。そんな七生を彼の両腕が思いがけず優しく自分の胸へと抱き寄せる。

「あ、吾妻さ……ん？」

「まったく、ドヤに十年もいるときれいなもんからすっかり縁遠くなっちまって、おまえが

何を言っても何をやってもうまそうに見えて仕方がない」

悪態にも似た言葉だが、柄にもなく吾妻の口調に照れが感じられた。七生の気のせいではないと思う。体の中にある吾妻自身が七生の体を甘く抉《えぐ》る。痛みはあるのに、それが不快ではない。むしろ心地よくてもっとほしいと思ってしまう。

「七生、七生……っ」

吾妻が自分の名前を繰り返し呼ぶのが聞こえる。

女の子を抱いたときとはまるで違う。この快感はもっと危うさを秘めながらも、なぜか安らぎに似たものがある。復讐を誓った日からずっと張り詰めていた心が、この男に抱かれている間だけは不安や緊張を忘れてしまえる。

同性に抱かれるという想像もしていなかった現実に、未だ心が戸惑っているだけだとしてももう構わない。こうして低い声で繰り返し名前を呼ばれながら、吾妻の腕の中にいれば体ばかりか心まで温かかったから……。

◆◆

翌日、予定どおり早朝から石垣を尾行した。毎月のように、彼は決まった時間に決まった道を通り郊外のゴルフ場に向かう。まるで判で押したように七生がこの一年間調べていたとおりの行動だった。ゴルフ場に到着する時間も、駐車場で車を停める場所もいつもどおりだ。吾妻と七生は少し離れた場所でそれらを見届けてから裏山を歩き、狙撃に最も相応しいポイントを探し、その後の逃走ルートについても確認した。七生の計画でまず問題ないと吾妻も納得し、あとは自分の腕次第だと不敵な笑みを漏らしていた。

その吾妻は自ら車を運転して樹海のコテージへと戻っていった。七生は一人都内に残り、数日間は松前の調査に時間を費やした。

石垣暗殺にはほぼ目処《めど》がついた。だが、石垣以上に厄介《やっかい》なのが松前だ。彼には警護の人間がついている。また、石垣のように単独で出かけることが少ない。ゴルフや会食に出かけるときも警護がつくし、それ以外のプライベートでは家族が一緒のことが多い。

さすがに、家族と過ごしている瞬間に銃弾を撃ち込むことは憚《はばか》られた。両親を殺されてなお、こんな情け心がある自分に苦笑が漏れる。けれど、できることなら彼の妻や子どもに七生が背負ったようなトラウマを与えたくはないと思う。松前に罪は問いたくても、彼の家族に恨みはないからだ。

警護の目がある中で、松前を撃つ。それは、吾妻の腕でも難しいだろう。何しろ銃があの程度のものなのだ。もっと性能の高いライフル銃を入手できたなら、あるいは吾妻の腕をもってすれば、相当な距離であっても一発で仕留めることができるかもしれない。だが日本において、七生が入手できるのはあの銃が精一杯だった。

松前の自宅は都内の高級住宅街にある。閑静なそのエリアでは怪しまれずに身を隠す場所がほとんどない。また近隣にマンションや商業ビルなどはなく、それらの屋上から狙うこともできない。

（だったら、警視庁に入るときか……）

七生は警視庁の近辺を足早に歩きながら考えて、小さく首を横に振る。狙う場所は住宅街よりありそうだが、さすがにここからでは逃走が難しい。すぐに捜査網が張り巡らされて、検問に引っかかる可能性が高くなる。ならば、松前が公的な行事に参加しているときか、現場に向かう途中という選択も考えてみる。

その場合、問題は松前のスケジュールを外部の者が完全に掌握するのが難しいということだ。芸能人が参加するような犯罪防止のキャンペーンイベントなどは、前もって参加の有無を調べることができる。だが、それらのイベント会場で狙うのはやはりリスクが高い。

その他の外出のスケジュールについては、外部の人間が知るには限界がある。内通者でもいないかぎり、細かい予定を把握することは不可能だった。諸々《もろもろ》の条件を考慮して松前を狙うなら、やっぱり自宅を出たその瞬間しかないような気がしていた。

翌日はもう一度松前の自宅の周辺を歩き回った。この界隈《かいわい》はもう何度も歩いているが、幹線道路からは奥まった場所にあり、日中は車や人の行き来はかなり少ない。朝の七時から八時頃までが通学や通勤のピークで、それを過ぎると夕刻までの間は買い物に出る主婦や犬の散歩やウォーキングをする人くらいしか見かけない。

七生自身も近隣の住人に怪しまれることのないよう、この界隈を歩き回るときはウォーキングのスタイルでくるようにしている。そして、ときには靴紐《くつひも》を直すふりなどをして松前の家の周囲の様子に目を配る。気がついたのは、人通りは少ないわりに宅配便や郵便、何かの作業にやってきた業者のトラックやバンが案外よく通るということだ。

そのときも、七生が解《ほど》けてもいなかった靴紐を直し終えて立ち上がると、ちょうど向かい側から一台のミニバンがやってきた。ルーフに脚立を載せていて、車内の後部にはバケツや草刈りの器具やほうきなどが積まれている。植木屋らしい。庭が広くりっぱな屋敷も多いので、定期的に植木屋を入れなければならないのだろう。

七生がぼんやりとそのバンを目で追っていたら、ちょうど松前家の隣で停まった。中から降りてきた三人の男はみなベージュの作業着でそれぞれ剪定《せんてい》バサミや竹箒《たけぼうき》を手にしている。一番若い見習いらしい青年がルーフから脚立を下ろしながら、さっさと作業を始めようとしている親方に訊いている。

「親方、家の人に挨拶《あいさつ》に行かなくていいんすか？」

「いいんだよ。今は誰も住んでないから。屋敷の人は海外だってよ。一年に数週間しか戻ってこないから、勝手に作業していってくれって言われてんだ。管理会社から鍵も預かってきてるしな」

「ふぇ～。こんな屋敷をほっぽっておいて、海外暮らしっすか？　金持ちっているんっすねぇ」

「金持ちがいてりっぱな庭を造ってくれるから、俺らも仕事があんだよ」

「そりゃそうっすけどねぇ……」

七生よりも若いだろう見習いの青年は脚立を下ろし終えると、今度は竹箒やゴミ袋を抱えて作業の準備をしている。まだまだ手際は悪いようだ。親方はそれを見て、この庭を三日で仕上げなければならないんだからグズグズするなと怒鳴っている。

このとき七生は心の中で笑みを漏らしていた。まさか松前の隣家の屋敷が留守宅だとは思わなかった。それも住人は海外にいて、年に数週間しか戻らないという。管理会社から鍵を預かってきたと言っていたので、屋敷を管理している者も常駐していないらしい。

塀の外からその庭を見上げてみると、高い塀越しに木々が枝を伸ばしている。この数日間で植木屋が手を入れたとしても、夏の盛りならまたすぐに葉が茂ってくるだろう。

七生は隣家と松前宅の位置関係を確認してからすぐにホテルの部屋に戻り、インターネットの地図で近辺の航空映像を検索してみる。高い塀の奥にある建物の配置や庭の様子まで面白いようにはっきりと写っていた。それをプリントアウトして、松前の玄関前のプリントアウトを並べてみる。位置関係や距離、松前が毎朝玄関を出てから迎えの車に向かう動線などをじっくりとシミュレーションする。

松前が登庁する時間は、特別なイベントや会合に参加する予定がないかぎりほぼ決まっている。門の前に迎えの車がくるのが九時五分前。松前が玄関から出てくるのも同時刻。妻は玄関で見送るようで、門の外まで出てくることはない。

門を出て車に乗り込むのが九時で、運転手に一声かけて後部座席に乗り込む。警備の者は少し離れたところに立ち、周辺道路に危険物や怪しげな人物がいないかを確認する。

この瞬間なら狙える。隣家の塀の上から狙えば距離的にも問題ない。屋敷は無人だ。狙撃のあとは裏門から出て、七生が待機する業者を装った車に乗り込み、そのまま素知らぬ顔で屋敷とは反対方向へ向かい幹線道路に紛れ込めば逃げ切れるだろう。

七生の頭の中で、それらのシミュレーションがまるでパズルを組み立てるように出来上がっていく。これで松前暗殺の計画に関しても実現の目処がつきそうだった。

七生はそれから二週間、一日置きに登庁の時間帯に合わせてウォーキングのスタイルで松前の家の前を通った。一応吾妻の忠告どおり、頭の中は空っぽにして復讐のことはいっさい考えずに歩いた。運転手も松前本人も近隣の者がウォーキングしている姿は見慣れているのか、まったく不審がる様子はなかった。そして、松前は少なくとも七生が確認した日はすべて、ぴったり九時に門を出て迎えの車に乗り込んでいた。

(石垣のあとはおまえだ……)

ウォーキングする自分の横を通り過ぎていった松前の車のテールランプを見たとき、七生は復讐の誓いを新たにし、唇を噛み締めながら心で呟くのだった。


大学院の夏の休暇が始まってすでに一ヶ月が経《た》っていた。吾妻を探しに関西に出かけた頃はまだ梅雨が明けきらなかったが、今はもう夏真っ盛りだ。猛暑日と熱帯夜が続き、やがて八月の上旬になると都心はもう道路のアスファルトさえ溶けそうだった。

石垣と松前の行動を監視するため、都内の安いビジネスホテルに滞在して二週間が過ぎた。そろそろ樹海のコテージに戻って吾妻の様子を確認したほうがいい。必要なものを買い足してバックパックに詰め、それを担いで新宿の長距離バスターミナルへと向かう七生は、どこから見ても夏休みにふらりと旅に出る若者といった様相だ。

だが、バックパックの中身は吾妻に頼まれたライフル銃の銃弾が詰まっている。それ以外には着替えやコテージの生活にあれば便利そうな身の回りのもの。中央高速バスに乗れば、約二時間で河口湖に着く。そこまでは吾妻が車で迎えにきてくれる予定になっていた。

夕方四時発のバスに乗り込むと、七生はシートに座ってカーテンを閉めて西日を遮る。バスの中はほどよくエアコンが効いて、出発までのわずかな時間ですぐに睡魔に引きずられるように瞼《まぶた》が落ちた。

都会の喧騒《けんそう》がどこか遠くへ流れていく。張り詰めていた神経がふと緩むのを自分でも感じる。その瞬間、七生は夢の中へと落ちていく。

（え……っ、ここはどこだ……？）

自問に答える間もなく、七生の周囲の景色が熱に溶けるように歪んでいった。その景色から這《は》い出ようともがいていると、やがてどこか懐かしい道に出た。どこにでもある住宅街の道。よくある建売住宅が並び、コンクリート塀から飛び出した柿の木にも見覚えがある。すぐ先の角の家にはよく鳴く犬がいて、いつもフェンスの中から人が通るのを見ると吠《ほ》えて走り回る。もう梅雨は明けているのか日差しはきつい。七生も白い半袖《はんそで》シャツと黒いズボンの夏の制服姿だ。

（これ、中学の制服だ……）

自分はもう大学院に通っているはずなのに、どうして中学の制服を着ているのだろう。学校帰りらしく学生鞄《かばん》を持っている。もう片方の手には図書館で借りてきた本が二冊。一冊は天体図鑑で、もう一冊は戦国武将の伝記。武将の伝記は叔父の薦めてくれた本だ。

どうやら夢の中の自分は遠い日に戻っているようだ。中学時代の自分を少し離れたところから自分で眺めている。不思議な気分だが、こんなことは夢なら当たり前だ。

家に帰れば母親がいる。冷たい麦茶を飲んで、それから自分の部屋で借りてきた本を読もう。夕方からは友達と待ち合わせている。自転車で近くの河原に行って夏の星を一緒に観察する約束だ。

もうすぐ夏休みだから、父親にキャンプに連れていってくれるよう頼んでみよう。でも、仕事が忙しいから休みが取れるだろうか。そう思ったとき、七生の中に何か奇妙な感覚が生まれた。

（父さんに……？　でも、父さんはもういないんじゃなかったっけ……？）

七生の記憶が交錯する。いつもの曲がり角にきて、フェンスの中から犬が吠える。ひどくうるさい。七生の横を走り抜けていく小学生が数人、犬に向かって悪態をついている。それも見慣れた光景だった。

そのとき、七生の足がその場でピタリと止まる。ジリジリと太陽が地面を照らし、陽炎《かげろう》が揺らめき立っている。走る去る小学生たち。自分も早く家に帰りたい。でも、帰りたくない。ひどく矛盾した気持ちがあって、その理由を犬の鳴き声を聞きながら懸命に考えている。

早く帰りたいのは、暑くて喉が渇いているから。でも、帰りたくないのはなぜだ。胸が締めつけられるようないやな心持ちで足を進める。家はもうすぐそこだ。いつものように外門を開けて広くもない前庭を通り、玄関ドアの前に立つ。

ドアノブに手をかけてゴクリと生唾《なまつば》を飲み込んだ。自分の家だ。生まれたときからここで育った。見上げた二階のあの窓は自分の部屋の窓だ。何もかもが中学時代の日常の光景。なのに、なぜか玄関を開けるのが怖い。漠然とした恐怖が七生を包み込んでいた。それでも、不安を振り払うようにして七生はドアを開け、家にいる母親に向かって声をかける。

（ただいま……）

だが、返事はない。できるわけがない。母親はそこにいるけれど、いつもの母親ではなかったから。なぜ階段の手すりにロープがかかっていて、なぜそのロープに母親の体がぶら下がっているのだろう。そして、その体からは完全に力が抜け切っていて、折れたように曲がった首が痛々しい。

なぜ足が急に重くなったのか、ようやく理解した。これを見たくないと心が怯えていたのだ。七生は玄関に立ち尽くし、やがて悲鳴を上げる。と同時に、体がどこか深い奈落へと落ちていく感覚があって、とっさにそばにある何かにつかまろうとした。

「ああ……っ」

ガシャッとカーテンが引かれてレールを滑るフックが思いのほか大きな音を立てた。ハッとして目を覚ましたら、バスは夕日が沈む方角に向かって高速道路をひた走っていた。まだ中央道の八王子《はちおうじ》あたりを過ぎたところだ。

どうやら短い間に夢を見ていたらしい。あれは忘れたくても忘れられない光景。父親の死は、棺《ひつぎ》に入っている姿を見たとき初めて実感した。もうこの世にはいないし、二度と声を聞くこともできない。そう思った途端どうしようもない寂しさが込み上げてきた。だが、母親の死に直面したときは、驚愕《きょうがく》と恐怖、悲しみを通り越した絶望が心に渦巻いていた。

最初は母親が自分を残して父を追ったのだと思った。どうして一人で残されてしまうのかと、泣き縋《すが》りたい思いでいっぱいだった。だが、それが明確な怒りへと変貌するのにたいして時間はかからなかった。

救急車がきて、すでに息をしていない母親が病院に運ばれていった。間もなく警察もやってきて現場検証が行われ、七生も発見当時の状況を何度も聞かれた。そして、驚くほど簡単に自殺という結論が出された。

そのとき、七生は現場を検分していた捜査官に詰め寄ったのだ。自殺にしては奇妙なことが多すぎると。こんなロープは家にはなかったはず。それに、首を吊《つ》るにしては場所が奇妙だ。首にロープを巻き階段の手すりを越えて飛び降りたとは考えにくい。普通なら椅子やスツールを用意して、それを蹴《け》り飛ばして首を吊るのが普通だろう。ところが、廊下には椅子もスツールも転がってはいない。それだけでもあきらかに奇妙だった。

もし、手すりを飛び越えて首にかかったロープに全体重がものすごい勢いでかかったなら、あんなふうに首が傾く程度の損傷ではすまないはずだ。

七生は父親から首吊り遺体の悲惨な様子を聞かされたことがある。新聞記者だった彼は、七生が成長するにつれ、世の中の恐ろしい真実や醜い現実を隠すことなく教えてくれる人だった。薬物中毒の恐ろしさ、暴力団組織の非道さ、テロリストの非人道的な活動や、世界における宗教戦争の実情など。そして、あるときは日本が残念ながら自殺大国であることを語り、死んだ人間がどれほど悲惨な状態で発見されるのかも教えてくれた。

母親はそんな様子を見て顔を顰《しか》めていたし、七生もそんな話を聞かされた夜は悪夢にうなされることもあった。けれど、そういう厳しい現実を話してくれるということは、一人の男として認めてもらっているような気がして嬉しくもあったのだ。

『サッカーの上手な父親はサッカーを、釣りがうまい父親は釣りを息子に教えるかもしれない。けれど、俺はサッカーや釣りがうまいわけでもないし、他の何かをおまえに教えてやれる充分な時間もない。だから、父さんが見て聞いて、記事にしてきた現実をおまえに教えているんだ』

七生はそんな父親から教えられた厳しい現実を、知識として知っていた。だから、首吊りの遺体がどんなものかもおおよその知識があった。ロープから下ろされた母親の遺体は、父親から聞かされていたものとはあまりにも違う。まるで死後に体だけをそこに吊るされたようにきれいな状態で、首を吊ったときに当然起こるはずの身体的変化が見られなかったのだ。

それでも、警察が出した最終的な結論は自殺だ。どんなに七生が奇妙だと叫んだところで、中学生の言葉など誰も本気で聞いてはくれない。まして、母親の死もまた松前の命による石垣の仕事であったなら、警察そのものが七生にとっては敵だ。悲痛な訴えをねじ伏せることなど、彼らにしてみればあまりにも簡単だった。

叔父はときおり寝酒のブランデーを飲みながら、世の中には探ってはならない闇《やみ》があるのだと漏らしていた。実の姉と義兄の死を悼みながらも、どうすることもできない現実を酒とともに飲み干していたのだろう。だが、七生にはそんなふうに両親の死を消化することはできない。あの日、あのとき、声が涸《か》れるほどに叫び泣いた悔しさは寝ても覚めても七生につきまとう。

たとえひとときでさえ、七生に穏やかな時間を与えてはくれないのだ。学業に打ち込んでも、興味深い本を読んでも、可愛い女の子とデートをしていても、気の合う仲間と酒を飲んではしゃいでいても、七生の心には冷たく凍りついた部分があって、それはまるで永久凍土のように溶けることがない。

だから、もう諦めたのだ。普通に生きることはできない。息苦しさに身悶えながら生きながらえるなら、短くても生きた証《あかし》をこの手に摑《つか》んで終わらせたい。

額の汗を拭《ぬぐ》い、すっかり日が沈んだところで七生はもう一度カーテンを閉めた。バックパックからパソコンを取り出すと、デスクトップからスケジュール表を開く。

これまでの予定は自分一人のものだった。だが、先月から吾妻の分のスケジュールも書き込んでいる。犯罪者がデータや通信記録を残しておくことをずっと奇妙に思っていたが、実際自分がその立場になってみればやってしまうものだと苦笑が漏れる。

一つは絶対に捕まらないから、これらのものを残していたところで問題はないという奢《おご》りと自信。もう一つは、自分がこの犯罪を成し遂げた人間なのだと、いずれ誰かに知らしめたいという衝動があるからだろう。

だが、七生の場合はそのどちらでもない。単に自分の行動を整理しておき、記録しておきたいだけだ。復讐が成就さえすれば必要なくなる。なので、このパソコンもすべてが終われば処分するつもりだ。

八月二十三日。石垣暗殺を決行する。それまであと二週間。その後、八月の最後の日に松前を撃つ。それで七生の計画は終わる。そろそろその後のことも考えておかなければならない。暗殺計画が成功したあかつきには、吾妻に支払う金のこともある。

また、叔父にはきちんとした手紙を書いて送ろうと思っている。七生のしたことを知れば悲しむとは思うが、彼ならきっとわかってくれるとも思うのだ。

二十四年生きてきて、今年はおそらく一番暑い夏だ。何もかもを焦がし溶かしそうな太陽の下にいる自分なのに、なぜか日を浴びている気がしない。そのとき、七生はあのドヤ街に生きている人たちのことを思い出した。

今日も炎天下で塩を嘗《な》め水を飲みながら一日働いて、今夜の酒代を稼いだことだろう。昼間はどんなに日の下にいても、ひたすら地面に向かって作業をしているだけで太陽を見上げることもない。生きているけれど、本当の人生ではない。そんな思いが太陽を遠く感じる理由なのだろうか。

バスの中ではネットの接続ができないので、七生は叔父宛の手紙を書きはじめた。だが、数行書いて途端に心が沈む。中学のときに引き取られ、叔父との生活は七生にとって充分に心穏やかなものだった。両親のことを思えば、復讐に駆り立てられる気持ちは抑えようもなかったとはいえ、叔父の存在が七生にひとときの安らぎを与えてくれたのも事実だ。

大学教授の叔父との暮らしは男同士のぶっきらぼうなものではあったけれど、まるで気心の知れた友人との共同生活のようで楽しかった。過剰に干渉し合うことなく、それでも互いの存在に一人でないと安堵するような日々だった。

そのとき、七生はふと考えた。叔父がずっと独身でいた理由についてだ。

『なんとなく、そういう機会に恵まれなくてね……』

何度か独身でいる理由を訊いたが、答えはいつも曖昧なものだった。

彼が男として魅力に欠けるとは思わない。吾妻のような男らしさはないかもしれないが、静かに漂う知性に心惹《ひ》かれる女性は少なからずいたと思う。それに、大学教授という職に就き、経済的にも苦労のない生活をしているのだ。それでも、結婚を考えたことはないという。

心から愛する人に巡り会えないまま研究に打ち込んできたのだろうか。だが、もしかしたらそうではないかもしれない。なぜそれに今まで気づくことがなかったのかといえば、自分がそういう立場になったことがないからだ。

（もしかして、叔父さんはそうなんだろうか……）

七生に対してそういう素振りを見せたことは一度もない。だから、七生もまったく意識をしたことがなかったのだ。けれど、吾妻に抱かれた七生の中には、これまでとは違う別の「雄」の部分が確実に目覚めていた。それは男であっても男に惹かれてしまうという事実だ。

ときおり、外泊をすることもあるが、大学の研究室に泊まり込んでいるのだと疑うこともなく信じていた。あるいは、結婚はしないでも特定の女性と関係を続けているということもあるだろうという認識だった。だが、今では別の可能性が脳裏を掠める。

もし叔父が同性愛者であったとしても、七生は何を思うでも言うでもない。まして、今になってみれば自分も吾妻に抱かれ、そこに快感があることを知っているのだから叔父と同じということだ。

そして、七生は吾妻のことを思う。あの男は七生の体に奇妙な感覚を植えつけた。知らないままでいればよかったのに、それはまるで麻薬と同じだ。一度知ってしまえば、逃れることができない甘く淫《みだ》らな快感だった。吾妻は七生にはそういう素質があったのだという。今となっては否定はできないような気もする。

だったら、吾妻はどうなのだろう。「女はやめた」と言ったその言葉の背景にはどんな事情があったのか、訊けば教えてくれるだろうか。それとも、やっぱり「面倒だ」と一蹴《いっしゅう》されてしまうだろうか。

七生は中学のときに父親を亡くしたこともあり、年上の男性には思慕に似た感情を抱きやすいところはあると思う。叔父もそうだし、大学の教授や講師にも無条件でなついてしまうところがある。

けれど、吾妻という男はこれまで会ったどんな人間とも違う。年上で頼りがいはあるかもしれないが、ただ単純に慕うという気持ちではすまないものがある。もちろん、体の関係ができてしまったことは大きいだろう。

（でも、それだけじゃない……）

復讐という目的を持ってともに行動している。七生の人生でそこまで深く腹を割って人とつき合ったことはない。そういう意味でも吾妻は他の誰とも違うのだ。

大沢に見せられた新聞記事の写真の吾妻は、その強い視線を粗い粒子であってもはっきりと感じさせた。あるいは、それを感じたのは自分だけだったのだろうか。運命に引き寄せられるように関西のあのドヤ街に行き、七生は吾妻の姿を探し求めた。

写真と寸分変わらない眼光の鋭さに、七生は心が震えるのを感じた。この男が放つ生命力が、復讐の難しさに息絶えようとしていた七生の心に新たな魂を吹き込んだ。それは間違いないことだった。

やがてバスが河口湖に到着する。七生は荷物を担いでバスを降りた。バスはまだこの先の本栖湖《もとすこ》まで行って折り返してくる。

こんな時間なので、下車したのは七生一人だけだった。午後七時を過ぎて、もう駅の周辺もすっかり静まりかえっている。迎えにくるといっていたが、ロータリーに車は見当たらない。

（酒を飲んで寝てなけりゃいいけど……）

心の中で呟きながらも、彼が約束を忘れるような人間だとは思っていない。

七生は重いバックパックを下ろして、駅の階段に腰かけ吾妻の迎えを待っていた。しばらくしてすぐそばにある自動販売機でお茶のペットボトルを買っていたとき、道の向こうから一台の車がやってきて、ライトを点滅させているのに気づいた。吾妻の迎えだとわかり、七生はペットボトルを片手にバックパックを肩にかける。

「久しぶりだな？　都会は楽しかったか？」

「ええ。存分に楽しみましたよ。今夜にでも土産《みやげ》話をしますから」

そう言いながらバックパックを車に投げ入れると、吾妻がなぜか笑って七生の頭を大きな手でくしゃくしゃと撫でた。

「な、なんですか？」

「いや、おまえが無事に戻ってきたからよかったと思ってな」

「何を言ってるんです？　戻りますよ。当然じゃないですか」

「そりゃ、そうだ。当然だな」

そう言うと、吾妻は七生の腕を引いて自分の胸に抱き寄せる。

周囲にはもう人もいないし、七時を回って夏とはいえすっかり暗闇に包まれている。それでも、こんな場所で吾妻に抱き締められたら、どうしたらいいのかわからなくなる。

「な、何を……」

「おまえは無茶をしそうで心配になる。あんまり一人で突っ走るような真似はするなよ」

まったくどういう意味かわからない。七生が何をしようと吾妻にとってはたいした意味は持たないはずだ。この復讐の案件に乗ったのも、五千万という金のためだ。もし途中で何か不都合が起きたとしても、そのときはさっさと七生を切り離し、吾妻は関西のドヤ街に戻って何喰わぬ顔で過ごせばいいだけだ。

あそこの住人は吾妻が一ヶ月ばかり姿をくらまし、またひょっこりと現れたからといって、何を疑問に思うでもない。また、万一今度の件で警察が調べにきたところで、口を割るような人間は一人もいない。

それでも、吾妻は七生を案じていて、こうして河口湖まで無事に戻ってきたことを喜んでくれている。本気なのか、何か裏があるのかはわからない。単純にセックスの相手が帰ってきて喜んでいるだけかもしれない。ただ、抱き締められていると、七生もまた安堵に両手が彼の背に回りそうになる。

馴《な》れ合いなどいらない。そんな関係ではない。そう言い聞かす傍らで、七生の中に奇妙な

感覚が芽生えつつあった。けれど、今はまだそれが何なのかはっきりとは言葉にならなくて、もどかしさとともに吾妻の腕の中で小さく身を捩るだけだった。

◆◆

七生が不在の二週間の間、吾妻はかなりの実弾を撃っていたようだ。

「いい場所をようやく見つけた。先週から撃ちまくっているからな。弾はあればあるほどいい」

樹海といってもとんでもなく広い。浅いところでは遊歩道があり、夏にはトレッキングやキャンプの客がやってくる。反対にあまりにも深いところへ入ると、自衛隊の訓練場に迷い込んでしまう可能性がある。そのどちらでも吾妻が銃の実弾訓練をするわけにはいかない。だが、元自衛隊にいた吾妻だからこそ、両方から距離のある場所で安全に実弾を発砲できる場所を見つけられたのだろう。コテージからは吾妻の健脚をして二時間という。七生には到底たどり着くことも難しい場所なのだろう。

「石垣も松前も、あなたの腕一つですよ。きっとうまくいきます」

七生がこの二週間あまり都内にいて、おおよそ詰めた最終的な計画を吾妻に話して聞かせる。吾妻は最後まで黙って聞いていたが、松前の隣家の不在については確実に確認しておくように念を押した。

「夏休みだから戻っていましたじゃ洒落《しゃれ》にならん。何がなんでも八月一杯は不在だと確認しておけよ」

「もちろんです。この計画はすべてそこにかかっていると言っても過言じゃない」

吾妻が深く頷《うなず》いたので、今度は七生がたずねる番だった。

「銃のほうはどうですか？」

カンは戻っているのだろうか。何発も撃つわけではないが、それだけにオリンピック以上にこの襲撃は集中力を必要とされるだろう。曖昧な腕で現場に出向かれれば、仕損じて捕まるという死んでも死に切れない結果になる可能性もある。それだけはけっして受け入れることができないのだ。

「心配するな。銃は俺の腕だ。仕損じることはない」

吾妻はどこまでも自信に満ちていた。そんな彼を見ていて、七生はふと意地の悪い質問を思いついた。

「オリンピックでもそれくらい自信満々でいられたと思いますか？」

きっとこの男のことだから、不敵にも「イエス」と答えるだろうと思っていた。ところが、吾妻は少し考えてから珍しく答えを言い淀《よど》み、なぜか首を小さく横に振ってみせた。

「無理だったかもな。俺は自分の楽しみ以外に集中しろと言われても無理だ。銃を撃つことは楽しくてもそれに面倒なものが付随してくると駄目だな。集中力が途端になくなる。正直、どうでもよくなる。俺が的を狙う邪魔をするなって感じだ」

だから、吾妻は最初からオリンピック代表に選ばれる気などなかったようだ。ただ、強化選手に選ばれれば好きなだけ撃てるというのが楽しかったらしい。

「あなた、日本に生まれてよかったですよ。アメリカや中東に生まれていたら、日本どころか世界の厄介者になっていたでしょうからね」

七生が戻ったとき、まだ夕食を食べていないという吾妻のためにパスタを作ってやり、それを飲み込むように食べている彼に言ってやった。すると、吾妻はもっともだと言わんばかりに笑って頷く。

「俺もそう思う。日本にいたから逃げ込むドヤもあって、それなりに楽しく暮らせていたからな」

この男の生命力にはこれまでもたびたび感服してきたが、やっぱり本人が「化け物」というだけのことはあって、どこかが普通の人とはかけ離れているようだ。

吾妻はパスタを驚くべき速さでたいらげると、いつものように冷蔵庫から缶ビールを取り出してくる。

「コテージに戻ってきたのは何日ぶりですか？」

「三日だ」

「ひどく汗臭いですよ。ビールもいいですけど、先にシャワーを浴びてきたらどうですか？」

「そんなに匂うか？」

吾妻は自分の二の腕に鼻先を寄せてクンクンと犬のようにかいでいるが、本人はまったく気になっていないらしい。

「仕方がない。先にシャワーを浴びてくるか。ところで、買い込んできたのは弾だけか？他には……」

ニヤニヤと笑いながらたずねる吾妻の考えていることくらいわかっている。七生は自分のバックパックからそれを取り出して、吾妻に向かって投げつける。

手のひら大の箱が三つだったが、二つを右手で、一つを左手できっちりキャッチした。もちろん、不本意ながら注文があったから買ってきたコンドームだ。吾妻はそれを見て満足そうに頷くと、シャワーを浴びにいく。

吾妻の食べたパスタの皿を片付けて、二週間ぶりに戻ったコテージのベッドのシーツを換える。吾妻の使っている部屋を見ると、中は思ったより整然としていた。ずっと森の中に出ているから、この部屋のベッドで寝ている日のほうが少なかったのだろう。

それでも、その部屋のシーツも換えてベッドを整えていると、いつの間にか吾妻がシャワーから出てきていた。

「おい、どうする？　おまえも浴びてくるか？　俺はそのままでもいいぞ。おまえの匂いは嫌いじゃない」

コンドームが手に入って吾妻はすっかりその気になっている。なんだか七生ももう抱かれることに関してはどうでもいい気分だったが、シャワーは浴びたいと思った。

バスで眠っていやな夢を見たせいで、エアコンが効いていたにもかかわらずずいぶんと汗をかいてしまった。こんな体を嘗め回されるのは勘弁してほしい。吾妻が気にしないと言っても、七生のほうが気になるのだ。

今夜からしばらくは、またここで二人で生活をともにすることになる。吾妻が森に入り射撃の訓練をしている間、七生はさらに計画に不備がないか見直して、必要があればまた都内へ出向くこともあるだろう。

いずれにしても、あと数週間のことだ。それまでに何度抱かれたとしても、七生には大きな問題ではない。むしろ、それで吾妻が仕事をきっちりとやり遂げてくれるなら、この体くらいもうどうとでも好きにしてくれればいいと思う。

シャワーを浴びてバスルームから出てくると、吾妻は珍しくテレビをつけてニュース番組を見ていた。Tシャツとトランクス姿で缶ビールを片手に画面を睨んでいるので、七生も洗ったばかりの髪をバスタオルで拭《ふ》きながらそちらに視線をやった。

『各国の思惑の交錯する中、某国では一六〇〇〇万人が飢えに苦しんでいる状況にあり、日本は人道的な観点から、年内に三万トンの食糧支援をすることで合意しました。その他にもロシアは天然ガスの……』

もはや珍しくもない国際支援のニュースだが、支援先の国については吾妻も七生もいろいろとわだかまりがある身だ。

「盗人《ぬすっと》に追い銭どころか、人殺しに追い銭だ。人がいいにもほどがある」

忌々しい気分で七生が吐き捨てると、吾妻はすでに空になっていた缶ビールをテーブルに置いて歯磨きをしに洗面台に行った。戻ってきた彼はテレビがスポーツニュースの時間になっているのを見て、リモコンでスイッチを切る。

「人がいいわけでもないぞ。国内で過剰に備蓄してもてあましている古米を三万トン始末したあげく、恩に着せてやれるなら安いもんだろう」

「それで、いちいち恩に着るような連中じゃないでしょう」

「あの国にじゃない。その周辺国に売る恩だ。日本が支援したやったおかげで、膨大な数の難民が流出しないですんだんだから、感謝しろよってことだ」

「ああ、なるほど……」

父親からもよく言われていた。社会問題、国際問題を見るときは、できるだけ多面的に物事をとらえることが必要なのだと。わかっているつもりでも、人は容易に感情に動かされてしまう。武器を持って国を守る組織にいた吾妻にそれをあらためて教えられ、七生は素直に頷くしかなかった。

父と吾妻の事件から十年の月日が流れても、某国との間の国際情勢は未だに大きな変化はない。両親や吾妻のような人間の犠牲はなんの役にも立っていない。ただ、ごく一部の誰かの利益のためだけに、殺害されたり社会的に抹殺されたりしたのだと思うと、どうしてもやるせないというだけで済ますわけにはいかなかった。

「おい、こっちへこいよ。久しぶりにきれいな面を拝ませろ」

七生は言われるままに吾妻のそばに行き、彼の前に立つ。

「こんな顔でよければ、存分にどうぞ」

頭にかけていたタオルを外されて、吾妻の手で顔を持ち上げられる。唇が重なってきて、太くたくましい腕が七生の体を抱き寄せる。長い口づけが終わったあと、七生は自ら甘えるように吾妻の胸に自分の頬を寄せた。

「どうした？　今日は妙に素直だな？」

「べつに……。それに、俺は最初から抵抗なんかしたことはありませんよ。いつだって素直だったと思いますけど」

「それは目的のためにだろう。だが、今夜はなんか違う」

吾妻と会ってまだ一ヶ月ほど。そもそもドヤ街で彼を見つけられるかもわからなかった。

どうにか見つけたあとも、本当は彼がこの話を請けてくれるかどうかはフィフティフィフティだと踏んでいた。でも、今は七生の復讐のために手を貸してくれている。たとえそれが金のためであっても、己自身の復讐のためであっても、吾妻が一緒にいてくれることはとても有難い。

七生は彼の顔を見上げて、小さな声で言った。

「ここへ戻ってくるバスの中で夢を見たんです。いやな夢だった。父が死んだあと、母が首を吊ったときの夢……」

「おまえが第一発見者だったな」

七生が小さく頷いた。

「まだ中学だったおまえには、さぞかし恐ろしい光景だったろう……」

そう言いながら吾妻は優しく七生の頭を撫でてくれる。本当に怖かった。これは夢だと自分の拳《こぶし》で玄関の壁を何度も叩いた。けれど、その痛みがこれは現実だと教えてくれるばかりだった。あのときの不安を思い出して震えていると、吾妻は七生を抱き締めてから腰に手を回し、まるで土嚢《どのう》でも担ぐかのように持ち上げた。

「あっ、な、何を……」

「ずいぶんと弱っているみたいだから、サービスでベッドまで運んでやる」

「そ、そういうサービスは必要ないです」

「いいから、甘えられるときに甘えておけ」

吾妻に甘えるつもりなんかない。そう言いかけて、七生は黙り込む。そうかもしれない。今夜の自分は誰かに甘えたいのかもしれない。父も母も亡くなり、叔父には愛されてきたけれど、精神的には甘えて生きようと思ったことはない。孤独だった七生の心が、吾妻にだけは寄りかかりたいと思ってしまう。

「辛かったんだろう。泣きたいときはちゃんと泣いてきたのか？　こらえてばかりいたら、苦しくて息ができなくなるだろう。いいから、喚《わめ》け。叫んで、罵《ののし》って、吐き出せばいい」

「そんなことをしても、父も母も戻らない……」

「戻らないが、おまえは少しだけ楽になるさ」

吾妻が微笑《ほほえ》んで言う。いつもの彼とは違う、慈愛に満ちた笑みだった。この男はこんなふうにも笑えるのだ。いや、この顔のほうが彼の本性なのかもしれない。

「泣き方も、喚き方も忘れてしまったんです」

嘘でもないし、大仰に言っているわけでもない。少年期に受けた大きな衝撃は七生の感情の一部を殺してしまった。気がつけば七生は涙を流すことを忘れ、感情の起伏が著しく乏しくなっていた。

あまりにも衝撃的なことがあったから、心が塞《ふさ》ぐのも仕方がない。叔父を含め周囲の誰もがそう思っていたのだろう。

大人になってからも妙に落ち着きがあるのは、人よりも少しばかり苦労があったからだと思われていたようだ。大学の友人たちの間では、容貌の印象からクールなキャラクターが勝手に定着していて、それをわざわざ否定することもしなかった。だが、実際の七生はずっとトラウマを抱えたままなのだ。

ベッドの上で体を重ねると、吾妻は七生を裸にして胸や腹を撫で回しながら苦笑を漏らす。

「きれいだが、壊れた人形か？　どこかのネジを巻いてやれば、ちゃんと動くようになるさ」

そんな言い方がなんだかおかしくて、七生が思わず小さく噴き出した。

「じゃ、ネジを探してあなたが巻いてくださいよ」

「ああ、そうしてやる。それで、思いっきり泣いて喘《あえ》がせてやるよ」

「喘ぐんですか？　泣いて喚くんじゃなくて？」

「どっちでもいい。ただ、俺は喘ぎ声のほうが聞きたいんでな」

優しく慰めたかと思うと、しれっとそんなふうなことを言う。この男のこういうところが、七生にはとても心地いい。腫《は》れ物に触るようなこともなく、小馬鹿にするようなことを言いながらも内心ではさりげなく気遣ってくれていたりもする。その距離感がちょうどいい。七生は身構えることもなく、また必要以上の緊張もなく吾妻に向き合えるから。

「じゃ、喘がせてください。あなたに抱かれるのは嫌いじゃない……」

股間を握られて、絶妙な力加減で擦られる。透明な液が溢《あふ》れ出す先端を吾妻の指の腹が撫でて、自分が感じていることを教えられる。

　淫らになって落ちてしまえばいい。どこへ落ちていこうと吾妻といるかぎり、彼はそのたくましい腕で七生を受けとめてくれる。この男が今の自分には必要なのだ。

「ああっ、吾妻さ……ん、あっ、いい……っ」

「七生、もっと声を出せ。おまえの声を聞かせろ」

　男に抱かれることにこんなにもたやすくこの体が慣れるとは思っていなかった。けれど、吾妻に触れられて、体中から快感が溢れ出してくる。今このひとときだけは存分に喘ぎ、心を解放してしまおう。吾妻と二人きりの深い森の中で、七生の心は官能という名の闇を安堵とともにさまよっていた。


　都会では猛暑日が続き、早朝から息の詰まるような暑さに辟易《へきえき》とさせられる。だが、樹海のそばのコテージではそんな蒸し暑さを感じることはない。

（う……っ、さ、寒いっ）

　明け方のひんやりとした空気に、シーツから出ていた肩が冷え切っているのに気づき七生は目を閉じたまま体を丸める。すると、そばにいた大きな温《ぬく》もりが七生を包み込んでくれるのを感じた。ハッとして目を開くと、その温もりは吾妻の体だった。

「よく眠れたか？」

そう言うなりベッドから下りた吾妻がバスルームに向かおうとする。吾妻はすでに目を覚ましていたようだが、狭いベッドで七生が身を寄せているので、起こさないようじっとしていてくれたらしい。

昨夜は気が緩み吾妻に甘えてしまった自分に照れ臭さを感じていたが、そんな気持ちはおくびにも出さずいつもと変わらない口調でたずねる。

「今、何時ですか？」

「七時過ぎだ」

七生もすぐに起きて、朝食の支度に取りかかる。食材にかぎりがあるので凝ったものは作れないが、今日も森に入る吾妻のために、ある程度カロリーのある食事を用意してやりたかった。

吾妻が射撃訓練をしているのは、コテージから歩いて二時間ほどの場所だそうだ。そこで持っていった分の弾を撃ち、コテージにはいつも完全に日の落ちた頃に戻ってくるという。

その間、水しか飲まず何かを口にしてもクラッカーや栄養補助食くらいらしい。空腹のほうが的を狙うときの集中力が増すという。それは、七生も実弾練習をしたのでなんとなくわかる。

夜までは持たないだろうが、せめて朝食だけはしっかり食べていってもらいたい。厚切りのトーストと焼いた卵とベーコンはいつもどおりだ。昨夜はコテージに戻る前に遅くまで開いているスーパーに寄ったので、新鮮な野菜もたっぷりバターで炒《いた》めた。あとはヨーグルトとコーヒーをダイニングテーブルに並べたところで吾妻がシャワーから戻ってきた。

七生も入れ替わりにシャワーを浴びにいこうとしたとき、吾妻がテレビのスイッチを入れた。ちょうど朝のニュースの時間帯だ。昨夜からインターネットのニュースサイトのチェックもしていないので、七生も何気なくそちらに視線をやった。

今朝も国会のニュースをひとしきりやってから、事件事故の話題に変わる。七生がそこでテレビから視線を外したときだった。いきなりアナウンサーが聞き覚えのある名前を口にした。

『本日未明、首都高速を走行中の車が○○高架下付近の路側帯に激突し、運転していた男性が死亡しました。死亡したのは警察庁勤務の石垣雄治《ゆうじ》さん、四十六歳で、大田区××の自宅から車で外出したところ……』

思わず七生が振り返った。吾妻も食事の手を止めている。二人してテレビの画面をしばらく見ていたが、アナウンサーはごくありきたりな自動車事故のように事実を伝え、原因は運転手の居眠りの可能性があると締めくくった。

「な、なんで……」

七生はふらふらとリビングのテレビの前に戻ってきた。だが、もう画面は別の話題に切り替わっていた。やっと復讐ができると思った矢先に、その本人が死んでしまうなんて信じられない。

二週間後には吾妻の力を借りて、この手で一つの決着をつけることができると思っていた。なのに、すべてが無に帰した思いで、呆然《ぼうぜん》とその場に立ち尽くす。そんな七生の背中に吾妻の溜息が届いた。

七生が吾妻のほうを見てうわごとのように言った。

「どうしてですか?」

吾妻に訊いたところでどうしようもないとわかっている。でも、訊かずにはいられなかった。吾妻は案の定、肩を竦めてみせただけだ。

「まぁ、天罰ってやつか、『始末屋』が始末されたかってところだろう。いずれにしても、手間が省けたってことでいいんじゃないか」

「始末されたって、まさか俺のように石垣に恨みを持った人間にですか?」

「おそらく、そうじゃないだろう。早朝に急な呼び出しを受けて家を出たが、車に細工されたか体に細工されたか、このニュースだけじゃわからんがいかにもありそうな死に様だ」

「というと……?」

「わかってんだろ。石垣なんてのはコマだ。これまでにおまえの両親の件にかかわらず、たっぷりとその手を汚してきているんだ。その分、美味《おい》しい餌《えさ》も充分に与えられてきた。だが、人間ってのは欲深いもんだ。どんなに美味しい餌も、喰い慣れてくりゃもっとたくさん、さらにうまいものを寄こせとねだるようになる。そうなりゃ、便利のいいコマもただの厄介者になっちまう。そいつをお払い箱にして、新しい聞き分けのいいコマを連れてくればいいだけのことだ」

悪事を働いた人間が大きな顔をしてのさばっているのは腹立たしい話だが、そんな理由で勝手に始末されるのも納得がいかない。それでは天罰ではなく、単なる排除で抹殺だ。そして、松前のような男は新しいコマを手に入れて、また闇は人々の気づかないところでその黒い手を広げていくのだ。

「この国は狂っているっ」

「だから、平和なんだよ」

吾妻が皮肉交じりの言葉とともに鼻で笑う。七生は持って行き場のない怒りを思わず吐き捨てた。

「平和なんてクソ喰らえだ……っ」

そのとき、吾妻がテーブルを拳で叩き怒鳴り声を上げる。

「馬鹿野郎っ。銃撃戦も空爆もない場所で暮らしていて、勝手なことをほざくなっ」

これまで何度もきつい眼光に圧倒されてきたが恐れることはなかった。だが、今の彼は本気で怒っているとわかった。七生も自分が言い過ぎたと思わず唇を噛み締める。世界にはたった今も戦いで傷つき命を失っている人々がいるのだ。この平和を罵る権利が自分にあるかと言われれば、それは口にしてはならない言葉だったかもしれない。

「国家というものができてから、大なり小なり誰もが国家の奴隷となった。真実を知らなければ『自由な奴隷』でいられる。闇の中に手を突っ込むから自由を奪われ、命を奪われる。それは公にされてはいないだけで、どこの国でも同じように存在する裏の法律だ。闇の中に手を突っ込んじまったら、そっと引き抜く。それが平和に生きていく賢い方法ってことだ」

「それくらい、俺だってわかっているつもりです」

苦渋に満ちた表情でそう呟けば、吾妻が今一度七生に確認する。

「わかっているなら、どうするんだ？　まだ松前を狙うのか？」

吾妻の中に七生を諭そうという気持ちがあるのはわかる。だが、引き下がるわけにはいかないのだ。

「もちろんです。もしかして、いまさら怖気《おじけ》づいて下りると言うんじゃないでしょうね？」

思わずきつい口調で言ってしまった。吾妻は気にするふうでもなく、朝食の続きを食べながら頷く。

「まったく、どこまでも情《じょう》の強《こわ》い奴だ。だが、これも一度引き受けた仕事だ。最後までつき合ってやるさ。せっかく、射撃のカンも戻ってきたことだしな」

そう言うと、吾妻は朝食を終えて銃を持って森に入った。今回は四、五日ほど戻らないと言い、食料や簡単なキャンプの装備も背負っていった。

『俺のいない間に少し頭を冷やしな。混乱したままじゃ、本来の目的を見失っちまうぞ。自分が何をしたいのかもう一度考えろ』

吾妻が言い残していった言葉に、七生は少なからず苛立《いらだ》ちを覚えていた。自分は冷静だ。石垣が死んだのは予期せぬ出来事だったとはいえ、手間が省けたと思えばそれでいい。正義など最初からない。自分が行おうとしていることも、法治国家においては許されざることなのだ。

吾妻を見送って一人でコテージに残った七生は、復讐のたった一人のターゲットとなった松前の暗殺計画を慎重に練る。おおよその計画は頭の中にある。だが、狙撃だけが成功すればいいというわけではない。吾妻も自分も捕まるわけにはいかないのだ。

まずは準備から狙撃までと、狙撃後の逃走までの計画を二段階に分けて組み立てていく。あらゆるイレギュラーな事態にも対処方法を考えておかなければならないし、計画が成功したのちのこともある。

吾妻に支払う金の手配もしておかなければならない。叔父への手紙もまだ書きかけだった。とにかく、叔父にはきちんと自分の気持ちを伝え、これまでの感謝を書きつづったメールを送っておこうと思っている。

それ以外にも、大学で世話になった人たちへのお礼も書いておきたいし、わずか二十四年の人生でも身辺を整理しようと思うと、なかなか大変なものだった。

人間関係をあまり広げずに生きてきたつもりでも、頭の中に思い浮かぶ人たちの数は思ったよりも多かった。人というのは本当に一人では生きていけないのだと、当たり前のことを思って苦笑が漏れる。

そういえば、吾妻はこの十年をドヤ街で暮らしてきて、過去の人間関係をどうやって整理したのだろう。己自身を「化け物」と認め、育ての親とも連絡を絶っている男だが、今もまだ連絡を取り合っているような学生時代や、自衛隊時代の友人はいるのだろうか。

おそらく、それはもういないように思う。彼のことを調べているとき、比較的親しかった者でも今はどうしているかわからないと話していた。吾妻は過去の自分を本当に抹殺してしまったのだろう。

彼から感じる強烈な強さの裏にある、果てしない孤独。それを思ったとき、七生はなぜか急に泣きたい気持ちが込み上げてきた。

もう長く泣くことを忘れていた自分なのに、両親を思ってではなくなぜか吾妻のことを思って泣きそうになっている。

(どうしてだろう……)

わからない。わからないけれど、森の中を銃を抱えて歩く彼の心にある大きな虚無を思うと、せつなさだけが七生を支配していくようだった。

◆◆

四、五日は帰らないと言っていた。あの男のことだから心配はしていない。もともとここは自衛隊時代の庭のようなものだ。それに、このコテージで暮らすようになってから一ヶ月が過ぎている。その間、吾妻はひたすら森を歩きながら自分を鍛え、射撃のカンを取り戻してきたのだ。

七生も自分のやるべきことに集中していたが、五日目の夜になっても吾妻は戻ってこなかった。一応簡単な夕食の用意はしてあるが、パソコンのツールバーの時計を見るたび不安が少しずつ大きくなっていく。

(何かあったのかな……?)

だが、吾妻が訓練でしくじるとも思えない。自衛隊にいたときでさえ他の隊員を圧倒する力を持っていた男だ。そう思った次の瞬間には、この十年のブランクが彼を危機的な状況に陥れてはいないかと案じてしまう。

苛立ちをごまかしながらもすでに時刻は午後の十時を回っていた。やっぱり、遅すぎる。樹海の森が完全な闇に包まれて、夜行性の動物の鳴き声も聞こえてくる。危険な動物はいないのだろうか。いくら吾妻の身体能力が優れていていても、暗闇から飛びかかってきた野犬を一撃で仕留められるとは思えない。

不穏なことを考え出すと、七生はもういてもたってもいられない気持ちになった。パソコンの前から立ち上がると、懐中電灯を引っつかみそのままコテージの外に飛び出した。

吾妻はいつもどっちの方角へ向かっていただろうか。七生が暗闇の中に立ってわかるのは、管理事務所がある方向だけだった。森へ入るにはその反対になるはず。そして、そこにはまるで地獄のような漆黒の闇が広がっているだけだ。

七生はゴクリと生唾を飲み込む。どこまでも深い森に懐中電灯の明かりを当てても、その光さえ吸い込まれていく。恐怖に足が竦んでいた。けれど、この先のどこかで吾妻が怪我をして動けなくなっているかもしれないと想像するとじっとはしていられなかった。

「あ、吾妻さん……っ、吾妻さんっ」

名前を呼びながら七生は夢中で森の中に分け入った。周囲を照らしては少し進み、名前を呼んではあたりをぐるりと見回す。懐中電灯の細い明かりに浮かび上がるのは、よく似た木ばかり。足元も悪く、七生は何度も転びそうになりながらそれでも先へと進んでいく。

「あっ、痛……っ」

木の根だろうか。躓《つまず》いてその場に倒れ込む。そのとき、懐中電灯が手からこぼれ落ちて斜面を転がっていく。慌ててそれを拾いにいくと、手を伸ばしたすぐ横に木々の枝とは違う白く細長いものが見えた。

(え……っ?)

怪訝な思いで首を傾《かし》げそうになったが、すぐに吾妻の言葉を思い出した。

『何年も前のもんできれいに白骨化してりゃまだいいが、そうでないのを見ちまったらしばらくメシも喰えなくなるぞ』

ここは樹海だ。自殺した人の遺体がどこに転がっていても不思議ではない。半分は枯れ草に埋もれているが、その白いものは誰かの骨だろうか。そう思った途端、悲鳴を上げそうになった。けれど、かろうじてそれを呑み込んだ。今声を上げてしまったら、絶対にパニックになってしまうと思ったから。

とにかく懐中電灯を拾い、きた道を引き返そう。そうしなければ、コテージからさほど遠くない場所で自分が遭難してしまう。

(落ち着け、落ち着くんだ。あれはただの枝だ。大丈夫だ。何もない。何も見ていないから……)

そう言い聞かせながら懐中電灯を手に取ったときだった。すぐ背後からガサッと何か大きなものが雑木を揺らす音がした。風が吹いているわけでもないのに、その不自然な音に七生は背筋を凍らせたままその場で硬直して動けなくなった。

するとし、何かがゆっくりとこちらに近づいてくる気配がする。野犬だろうか。イノシシかもしれない。どちらにしても野生のそれらは危険だ。だが、こういうときにどう対処したらいいのか、七生にはまったく知識がなかった。そして、手にしているのは懐中電灯一つで、武器になるようなものは何も持っていない。

心臓が痛いほど速く打っている。頭がズキズキといやな痛みを刻んでいる。しゃがんで足元の木の枝をつかみ、それを武器にして追い払うしかない。そう思った瞬間、いきなり声がかかった。

「おい、七生か?」

ハッとして振り返り懐中電灯を向けると、そこには吾妻が立っていた。かなり汚れ疲れた表情ではあるが、間違いなく出かけたときと同じ格好をした彼に違いない。

「あ、吾妻さん……」

「何をやってる? なんで夜に森に入っているんだ? あれほど危ないと言っておいただろ」

彼の言葉が終わる前に七生は吾妻の胸に飛び込んでいた。吾妻は驚いたように七生の体を受けとめながらも、荷物を持っていないほうの片手を背中に回し抱き寄せてくれる。

「よかった。無事で……。帰ってこないから心配だったんです」

「おい、それで森に探しに入ろうとしたのか? 馬鹿野郎。あれほど森には入るなと言って

おいたのに。まったく、なんでおとなしく待っていられないんだ？」

「だって、あなたにもしものことがあったら、俺は……」

これからどうしたらいいのかわからなくなってしまう。そんな七生の戸惑いを察したのか、吾妻は小さな溜息とともにさらに七生を強く抱き寄せると言った。

「俺は帰ってくると言っただろう。おまえは俺を信じていればいい」

そうだった。吾妻は四、五日後には帰ると言っていた。まだ約束の日が終わったわけではない。自分は彼を信じて待っていればよかったのだ。七生にとって、今は心から信じられるのは吾妻一人だ。

思わず名前を呼んで抱きついた作業着は泥に塗《まみ》れていて、吾妻からは土と汗の匂いがする。でも、それが生きている証だと思える。七生にとってはとても愛《いと》しい匂いだった。

吾妻はこの数日間、森にこもってひたすら弾を撃ち続けていたという。さすがに疲れきっていたのか、シャワーを浴びて七生が作っておいた夕食を食べると、ビールも飲まずにベッドに倒れ込んでしまった。明日からの予定は朝になったら伝えることにして、その夜は七生もベッドに潜り込んだ。

しばらく目を閉じていたが、なぜかいつものように睡魔はやってこない。とっくに深夜になっているのに、まだ脳のどこかが興奮しているのか、寝返りを繰り返しているばかりだった。

そのうち眠れないのに無理をして眠ることもないと思い起き上がると、キッチンに行き水を飲んだ。明かりをつけずにリビングに出ても、窓から差し込む月明かりで充分歩ける。森の中だと木々の枝葉で月明かりまで遮られるため、深い闇ができる。七生は生まれて初めて真の闇というものを思い知った。

あんな暗闇の中をコンパスと懐中電灯だけでよく歩いて戻ってこられるものだとあらためて感心する。自衛隊の訓練がすごいのか、吾妻の飛びぬけた能力ゆえのことかわからないが、いずれにしても吾妻が無事帰ってきてくれてよかった。

水を飲み終えて部屋に戻ろうとしたら、吾妻の寝室のドアが少し開いているのに気がついた。今はベッドで深い眠りに落ちているとわかっていても、七生はなんとなくその姿を自分の目でもう一度確認したくなった。

足音を忍ばせてそっと吾妻の部屋に入った。ベッドのそばに行けば、吾妻が仰向《あおむ》けで片腕を自分の胸にのせた格好で眠っていた。微かに鼾《いびき》をかいている。何度か一緒に眠ったことがあるが、鼾をかいていることはなかったと思う。今夜はよっぽど疲れているのだろう。

七生は吾妻の眠るベッドの横の床にペタリと座り込む。どうせ眠れないなら、このましばらく吾妻の寝顔を見ていようと思ったのだ。

都内からこちらに戻ってずっと髭を剃っていないのだろう。端正な顔は無精髭があっても充分な美貌を保っている。関西を出るときには短く切ってきた髪も少し伸びてきた。七生はそっと手を伸ばしてその髪に触れてみる。

抱かれているときはさんざん吾妻の体に触れているけれど、今は眠っている彼の髪でさえ起こしてしまわないかとハラハラしながら触れている。

吾妻がいなくなったかと思ったら怖かった。彼を失いたくないと思った。

（でも、それは復讐のために必要な男だから……）

もちろんそれもあるけれど、それだけではないことはもう知っている。

両親を失った日から七生の人生はその様相を完全に変えた。あれから、自分はどれほど孤独だっただろう。叔父に引き取られ、新しい生活を始め、外交的な性格ではないものの学校ではそれなりに友人もいたし、彼女がいたときもあった。

それでも、七生の心は誰に対してもけっして開かれることはなかった。感情表現がうまくできなくなった自分を、下手な演技でごまかしながら生きていくのは辛かった。誰にも胸の内を語ることができず、とても寂しかったのだ。

七生は吾妻といると不思議と心が安らぎに似た何かを感じている。最初は男に抱かれることに抵抗があったし、復讐という大きな目標がなければ本気で拒んでいたかもしれない。

今はこうしてそばにいるだけで、さっきまであれほどざわついて眠れなかった心が落ち着いていく。不思議な男だ。七生が何気なく口にした「化け物」という言葉だが、悪い意味で使ったわけではない。だが、彼は自らそうだと言った。

そして、七生は「復讐に取りつかれた幽鬼」なのだそうだ。なんとも恐ろしげで怪しげな二人がこうして一緒にいてひとときの穏やかな時間を過ごしている。世の中には理不尽なことが溢れていて、そしてこんな奇妙なこともあるのだとおかしくなった。

七生は眠る吾妻の横でベッドにそっと頬をあずけて目を閉じる。吾妻の微かな鼾が七生を安堵させて、疲れた頭を休めろと誘う。ゆったりと睡魔がやってきて、目を閉じると遠い昔のまだ幸せだった頃の記憶が蘇《よみがえ》る。

父がいて母がいて、ときには叔父がひょっこりと遊びにきて、リビングで大人の話が始まっても七生はそこに座って一緒に聞いている。退屈はしなかった。大人に交じっていることがなんだか嬉しくて、母が焼いたクッキーを食べながら、夢中で難しい話に耳を傾けていた。

自分は今どこをさまよっているのだろう。今生にまだ自分の幸せは残されているのだろうか。わからないけれど、吾妻のそばは温かく心地がいい。だから、今はこのまま眠ってしまおうと思った。

目が覚めると、なぜか七生はベッドで眠っていた。自分の部屋のベッドではなく、吾妻のベッドだ。けれど、当の吾妻の姿はない。手を伸ばしてベッドの横に置いてある小型のデジタル時計を持ち上げると、朝の八時過ぎだった。

昨夜はなかなか寝付けなくて、吾妻の顔を見にきたことを思い出した。

（それで、確かベッドのそばで転寝《うたたね》して……）

それがベッドにいたということは、吾妻が寝かせてくれたのだろう。抱き上げられてもまったく気づかずにいた呑気《のんき》な自分に、いささか気恥ずかしさを感じながらリビングに出ていく。

「起きたか？　おまえが夢遊病持ちとは知らなかったな。明け方目を覚まして驚いたぞ」

「すみません。お世話をかけました」

もちろん吾妻は冗談で言っているのだろうが、七生は気まずくて彼の顔を見ることができない。テーブルの上には朝食の用意がある。吾妻はさっさと喰えとばかり、顎で七生を促す。七生はキッチンへ行き、コーヒーをマグカップにそそいでからテーブルに座ると、リビングのほうで銃の手入れをしている吾妻をチラチラと見る。

「あ、あの、銃の具合はどうですか？」

「問題ない。こんなもんだ。ついでに俺の腕も問題ない。いつ決行してもいいぞ」

吾妻は自信たっぷりに言う。実際、彼の実弾訓練は見ていないが、本人がそう言うのだからほぼカンは戻ったということだろう。

黙々と銃の手入れをする吾妻からは、もはやドヤ街にいたときのどこかやさぐれた雰囲気は微塵《みじん》もない。彼は完全に戦う人間に戻ったようだ。

ライフル銃の手入れはとにかく銃腔内を磨いておくことだ。ここが錆《さ》びたら命中度も落ちる。また、一度でも錆びさせると、その後の錆の発生率が極端に上がる。なので、ボアーソルベントと呼ばれる専門の洗浄剤をつけた銅ブラシを銃腔内部で数回往復させて、しばらく放置したあと完全に銅をふき取る。外の部分ももれなく防錆油を吹きつけておく。

「なかなかいいボアーソルベントだな。どこで手に入れた？」

「知り合いのガンショップです。毒性があって正規の輸入はできない代物ですが、サンプルを持っているというので分けてもらいました」

これらの洗浄剤は危険物扱いになっているものが多く、取り扱いにも注意が必要だ。だが、吾妻に関してはそんなことはまさに「釈迦《しゃか》に説法」になる。

七生は朝食を食べてから今後の予定を吾妻に話した。

「今週末にはここから引き上げて都内に移ろうと思っています」

吾妻の準備が整ったのなら、いつまでもこのコテージにこもっている理由はない。それに、狙撃に備えて松前宅の近辺の下見を吾妻とともに行っておきたい。細かい打ち合わせをして、逃走経路の確認と、留守宅になっている隣家のことについても調べておかなければならない。決行予定日に業者などが入ることがあっては、決行を延期せざるを得なくなる。

吾妻は七生の立てた予定どおりで問題ないと言った。

「で、今日も森に入りますか？」

「ああ、買い足してきてもらった弾もあるしな。もう少し慣らしておいてもいいだろう」

「じゃ、今日は俺も一緒に行きます」

七生が言うと、吾妻は手入れの終わった銃をテーブルの上に置いてこちらを見る。

「俺の腕が信用できないか？」

「そうじゃありません。ただ、オリンピック強化選手に選ばれるほどの射撃の腕をこの目で見てみたいだけです。これは単なる好奇心です。俺も一応、ライフル銃の所有資格は取りましたし、実弾での練習もしましたから」

「なるほどな。よし、いいだろう。だったら、さっさと用意をしろ。実弾練習の場所までは俺の脚でも二時間かかる。おまえを連れてじゃ二時間半はかかるだろう。明るいうちに行って戻ってこないと、昨夜みたいに夜の森で半ベソかく羽目になるぞ」

昨夜のことを言われて七生がちょっとふて腐れたように席を立ち、朝食の片付けを始める。言われなくても足手まといなことはわかっている。けれど、狙撃の当日には七生は逃走のために、隣家の裏口近辺で車を待機させていなければならない。彼の腕を見られるのは今しかないのだ。

長袖のシャツと長ズボンに薄手のレインウェアを羽織り、足元は七生も関西のドヤ街で買った例の安物の安全靴を履いた。バックパックには昼食用のパンとサラミにチーズとペットボトルの水を詰め込んだ。他にはキッチンのカウンターにあったリンゴとバナナも放り込んでおいた。装備としては双眼鏡とナイフとコンパスも持ったが、吾妻がいれば七生がそれらを使うことはほぼないだろう。

コテージを出て先を行く吾妻についていく。彼はまるで通勤に通い慣れた駅までの道を歩くかのような足取りだ。その後ろから七生は瘤《こぶ》のように盛り上がった木の根を越えながら、ときには岩や大木の幹に手をついて必死でついていく。

ものの二十分もしないうちに、たっぷりと汗をかいて息も激しくなっていた。吾妻はといえば、まったく呼吸を乱すこともなく、七生より重い荷物と銃を携帯し、さらには片手でビニールの空き缶の入ったビニール袋も持って歩いている。ときおりその場で振り返って後ろの様子を見ては、七生が追いついたのを確認するとまた歩を進める。

何もたずねないでくれるのは、かえって助かる。歩くことに懸命なのでしゃべることさえ億劫《おっくう》なのだ。コテージを出て二時間が過ぎたが、まだそれらしいところには到着しない。吾妻一人ならもう弾を撃ちはじめているのだろう。

「おい、もう少しだ。休憩せずに行くぞ」

七生は頷いてまた吾妻を追った。それから三十分ほどして、少し小高い丘で開けた場所に出た。吾妻が立ち止まりその丘の先を指差した。七生が見ると人工的に積まれた石が見えた。どうやらあそこが吾妻の実弾練習場らしい。

目的地を目視できて、七生の歩調も少し上がる。やがて、その場に到着すると吾妻が先に荷物を下ろし、標的にするビールの空き缶を持って積み上げた石のところへ行く。それを見ながら七生もようやくバックパックを下ろし、その場に座り込むと取り出したペットボトルの水を飲む。

七生が用意した銃はボルト式自動銃で三連発が可能だ。弾は森で走り回る動物を狙うなら散弾銃がいいが、今回は一発で必殺を狙うことと、周囲の人が負傷しないよう配慮して、スラッグ弾を使用している。もちろん、それも吾妻の腕があってこその選択だ。

スラッグ弾はなんといってもその威力が絶大だ。狩猟では熊や鹿など大物を狙うときに使う。ただし、弾そのものが大きいため、遠距離を狙う場合には空気抵抗が大きくなり威力が落ちるし、狙いを定めるのも難しくなる。基本的に中距離から近距離向きの弾だが、獲物を仕留められるかどうかは当たる場所による。要するに、正しく使用をしたとしてもやはり腕があっての弾だと言えるだろう。

七生のそばに戻ってきた吾妻は銃を取り出し、無造作に弾のケースを開けて三発充塡《じゅうてん》する。そして、イヤープロテクターを装着すると七生に目で合図を寄こした。

コンクリート塀に囲まれた屋内と違い、屋外なので音は周囲に逃げる。だが、そばにいればその発射音は腹にまで響くだろう。七生のイヤープロテクターは吾妻が使用しているので、ポケットからシリコン製の耳栓《みみせん》を取り出して装着し、さらに両手で耳を塞ぐ。

まずは一発目の発射音がして、三百メートルほど先の石の上の空き缶が吹っ飛んでいった。続いて、二発目で最初の的から横に五メートルほどずれたところの空き缶が飛び、さらに三発目もその横の缶を砕いてはるか後方へと飛ばしてしまった。

七生は吾妻の腕を初めて目の当たりにして、しばし呆然と立ち尽くしていた。目を見開き、口も半開きのままになっていただろう。自分が実弾を撃ったときとは何もかもが違う。これがプロで、これが一流の腕なのだと実感させられた。

その後も吾妻はかなりの数の実弾を撃った。ほとんど外すことはない。視力と集中力、発砲の衝撃に耐える体力と銃身をしっかりとホールドしておける腕力。すべてが飛びぬけていた。これが天から与えられた才能というものだろう。

途中で一度休みを入れて、二人で岩場に腰かけて簡単な昼食を摂った。

「完全にカンは取り戻したみたいですね」

「銃のほうは数を撃てば戻る。体で覚えたことは十年経っても忘れない。問題はメンタルの部分だ」

精神的な部分というのはどういう意味だろう。集中力とは違う意味だろうか。

「銃は的が空き缶なら撃てる奴は多い。よしんば当たらなくても、正しい撃ち方を学びさえしていれば引き金を引くことはできる。だが、的が人間となったらほとんどの人間は引き金が引けなくなる」

「確かに……」

吾妻の言うとおりだ。だから、吾妻はコテージにきて数日は銃も持たずに森に入り、自分を極限状態に近づけ精神的に追い詰めていたのだ。まさに、彼が言ったとおり「戦闘と人殺しのカン」を取り戻すためにだ。

「そういう意味でも、俺に仕事を依頼したおまえはなかなか利口だった。素人は最後の最後で怖気づく。俺たちのような訓練を受けた者は、最後の最後で『死』より『殺す』ことを選ぶ」

吾妻の言っていることが、今はひしひしと身に迫って理解できる。すべては自分が背負っていくと覚悟も決意もあったつもりだ。だが、吾妻を見ているとしょせん自分は「素人」だとあらためて認識する。

持ってきたリンゴをかじりながら、七生は小さな声で呟いた。

「あなたを巻き込んだこと、申し訳なく思っています……」

すると、吾妻は二本目のバナナを頬張り、その皮をビールの空き缶を入れてきたビニールに放り込みながら言う。

「巻き込まれたわけじゃない。俺は自分の意思で引き受けた。申し訳なく思われる筋合いはないな」

「そうですか……」

七生の精神的負担を軽くしてくれようと、そんな言い方をしているのがわかる。吾妻という男はそういう男なのだ。

七生は自分の人生で彼という存在に出会えたことを感謝していた。けれど、自分に会わなければ、彼の手を悪で染めることはなかったはずだ。そのことを思うと、やっぱり申し訳ないという気持ちは捨てきれない。

自分があのドヤ街まで探しにいかなければ、二人の人生のレールは交錯することもなかっただろう。でも、七生は吾妻を探し出し、吾妻は再び銃を手にした。運命だったのか、宿命だったのか。いずれにしても、すべては自分の情の強さが招いたことだとわかっている。この責任は七生自身が必ず取るつもりだった。

◆◆

週末には河口湖のコテージを引き払った。

管理人は今年でいよいよここも閉鎖すると寂しげに告げた。無理もない。二人が滞在していた一ヶ月半ほどの間、他の利用客は二組。どちらも二泊三日ほどで、コテージ同士が離れていることもあって七生たちとそれらの客が顔を合わすこともなかった。

せっかくインターネット回線を使えるようにしたり、新しいテレビを備えつけたりしたものの、結局町の赤字を増やしただけのようだ。

けれど、ここが閉鎖になれば、吾妻が射撃の練習をしていた場所に誰かが間違って迷い込む可能性も少なくなる。痕跡《こんせき》は極力消してきたものの、七生たちにしてみれば好都合なことだった。

精算を済ませた七生は、素晴らしい野鳥観察ができたのでここがなくなるのは残念だと社交辞令の一つも言って管理事務所をあとにした。

すでに車には荷物を積み込んである。コテージ内の撤収は吾妻にまかせた。自分たちの計画の証拠になるようなものは何一つ残していないはずだ。

「東京では前回と同じビジネスホテルか?」

「そのつもりですが、何か不都合でも?」

吾妻はしばらく考えて、違うところにしろと言った。用心のためもあったが、決行予定日まで一週間ほどある。七生一人なら一週間単位で滞在しても、歳格好《としかっこう》からして就職活動で地方から出てきている大学生とでも思われるだろう。しかし、吾妻と二人では少々奇妙な二人組だ。

関係を詮索《せんさく》されることはないだろうが、目立つ吾妻はホテルの従業員の記憶に残りがちだろう。

「では、どこか適当な場所がありますか?」

吾妻が少し考えて、ある町の名前を挙げた。そこは吾妻が関西で暮らしていた日雇い労働者の街と同じで、関東では最も有名なドヤ街だ。確かに、そこならこんな二人組が一週間くらい安宿に寝泊まりしていても、誰も気にとめることもないだろう。

「ずいぶんと整備の手が入って関西に比べれば規模も小さくなっちまったようだが、それでも怪しげな人間が潜む場所はあるだろう」

関西のドヤ街で吾妻が定宿にしていた「めぐみ荘」を思い出すと、狭さや設備にちょっとためらいがあった。だが、一週間後には積年の恨みを晴らす日がやってくるのだ。この期《ご》に及んで細かいことは構っていられない。

七生は中央道で西新宿までくると、そこからは新宿線と都心環状線を経由して向島線《むこうじません》に入り、目的の町を目指した。駅前は開発が進み、都心で働く人たちのベッドタウンとなっている。巨大なショッピングモールや高層マンションも建ち並びとても明るい印象だ。

だが、少し奥へ入っていくと、シャッター商店街があり途端に下町の空気に変わる。河口湖を出たのが昼前で、途中少し渋滞にはまってしまい到着したのは午後の三時を回ったところだった。車を近くのコインパーキングに入れて、七生は吾妻の案内でバックパックを背負って街を歩く。

「ここも詳しいんですか？」

勝手知ったるという吾妻の足取りを見てたずねると、関西に流れる前はここでしばらく暮らしていたらしい。

「東京じゃ仕事がなくなって、関西に移動した」

関西は十年ほど前から現在に至るまで、駅前の再開発が大々的に行われていて、労働者の数が絶対的に足りていないらしい。

「もっとも、今となってはここがこんなに閑散としてんのは、関東に残っていた連中がみな福島から東北に借り出されているからだけどな。結局、日本中どこにいたって仕事はある。有難い国じゃねぇか。お上に感謝だ」

吾妻が言えばこれ以上ないほど皮肉だ。だが、それが現実でもあるのだ。

「その宿は間違いなく営業してるんですか？」

「最近は外国人のバックパッカーが利用しているらしいぜ。その影響もあって関西より宿賃の相場が高い。宿賃が上がれば日雇いは逃げ出す。街にしてみれば、害虫掃除にバックパッカーってなもんだな。おかげで、駅前なんぞすっかり垢抜《あかぬ》けた街になったが、俺らのような人間がいざというときに迷惑する」

彼が社会情勢を語れば語るほど、七生の苦笑が誘われる。

やがて、吾妻はシャッター商店街で唯一開いていた酒屋兼乾物屋で日本酒を一本買い、古びたガラスケースの中に入っていた薄皮饅頭《まんじゅう》も五個ほど買い込んだ。そして、その店のすぐ先にある細い路地に入っていくと、一軒の宿屋のドアを押した。あめ色の木枠にすりガラスが入っていて、モスグリーンのペンキで「コトブキ荘」と書かれている。

関西のドヤ街の簡易宿泊所もそうだったが、名前ばかりは明るくめでたい感じがこれまた皮肉でおかしかった。だが、「コトブキ荘」は「めぐみ荘」に比べればはるかに宿屋らしい。

吾妻が受付のところへ行くと、もはや年齢もわからないくらい皺《しわ》だらけの顔をして、腰が九十度近くまで曲がった老婆が出てきた。

「おやっ、珍しい人がきたよ。こりゃ、爺《じい》さんが仏壇から飛び出してくるね」

見た目に反してその口調はものすごくはっきりとしていた。皺に隠れているような小さな目も案外よく見えているのか、荷物を下ろして笑う吾妻のそばまで行くと背伸びをして彼の二の腕をパシパシと叩いている。

「婆《ばあ》さん、生きいてくれてよかったぜ。ちょっと一週間ばかり世話になりたいんだ。部屋はあるか？　こいつと二人だ」

老婆はチラリと七生を見てから、吾妻に向かって手を差し出す。

「えらく別嬪《べっぴん》をつれてきたね。どこのお嬢さんをこましてきたんだね？」

「こいつは男だ。それに、こましてねぇよ。わけありなんだよ」

それだけで老婆は何もかも察したようにヘラヘラと笑い、さらに手のひらを吾妻に向かって突き出した。

「うちは前払いだよ。一週間なら二人で三枚だ」

「ずいぶんと値上がりしたな」

「一晩で二千円と消費税だよ。いやなら他をあたればいいさ。なにしろ、近頃は行儀のいいガイジンさんが泊まりにきてくれるんでね。きな臭い人間を泊めるよりもよっぽど安心さ」

「きな臭くて悪かったな。だが、事実だからしょうがねぇか。実際、ちょいとややこしい仕事で戻ってきたんでな」

笑ってそう言うと、七生に三万を支払わせる。

「部屋は以前のままだよ。そこの棚から勝手にシーツを持っていきな。風呂は十時まで、飯は八時までだよ」

「充分だ。助かるぜ。それから、こいつは爺さんに供えてやってくれ」

そう言って、吾妻はさっき買ったばかりの酒と饅頭を受付のカウンターに置いた。老婆は皺だらけの顔をさらにくしゃくしゃにして笑っていた。そんな彼女に七生は軽く会釈して、吾妻の案内について宿の奥の部屋に向かう。

「ずいぶんと顔馴染みのようだ」

「関西に行く前は、ここで暮らしていたって言っただろう。あの婆さんと一緒に爺さんを看取ったのは俺だ。まぁ、いろいろと世話になったり世話をしたりで奇妙な縁がある。ビジネスホテルなんかよりここのほうがよっぽど落ち着けるってもんさ」

「あの事件以来すっかり行方をくらましていたようですけど、けっこうあちらこちらで顔を売っていたみたいですね」

棚から取ったシーツと枕カバーを抱えて細い階段を上がりながら言うと、吾妻が声を上げて笑う。

「情が強《こわ》くて内向的でろくに友達もいない誰かとは違って、俺は社交的な人間なんだよ」

「社交的な真似もできるってことでしょう。それに、俺にだって友人くらいいますよ」

「腹を割って、人殺しの相談ができる友人か?」

それを言われるとぐっと言葉に詰まる。そんな友人がいるわけがない。先に階段を上がっていく吾妻がチラッとこちらを振り返った顔を見ると、例によって不敵な笑みが浮かんでいる。

社会の表から身を引いていた間、吾妻はきっと生身の人間つき合いをしてきたのだろう。それは七生が生きてきた世界とはかけ離れているが、彼にとってはより真実に近い世界だったのかもしれない。

関西のドヤ街の顔見知りの連中も、あの「めぐみ荘」の受付の老人も、ここの老婆にしても、誰もが吾妻の過去などどうでもいいのだ。人には語れない過去があると知っている連中ばかりだから。今の吾妻の強さは過去を捨てた人間のものだ。あるいは、一度死んで今は二度目の命を生きているのかもしれない。

(もしかして、自分もそんなふうになれるだろうか……?)

七生がふと考える。でも、すぐに小さく首を横に振る。きっと無理だ。人として許されないことをしようとしている。自分は石垣や松前と同じように地獄に落ちて、その業火に焼かれる身なのだ。

「ここだ。言っておくが二人で一部屋だぞ」

路地の奥にあった玄関はけっして広くはなかったが、どういう構造になっているのか中に入ってみれば案外奥深い。吾妻に連れられてきたここはこの建物の一番奥の部屋のようだった。ホテルではないのでそれぞれシングルルームが取れるとは思っていなかったが、ドアを開けて中に入ってみれば十畳ほどもある充分に広い和室だった。

驚いたのはその畳が青々として新しいことと、建物の古さに反比例するように部屋が清潔で塵《ちり》一つ落ちていないことだった。古い建物独特のカビ臭さもなければ、鴨居《かもい》や窓がまちに埃《ほこり》もない。

「婆さんはきれい好きでな。掃除のしすぎで腰が曲がっちまったんだよ」

それは冗談かもしれないが、ここなら本当にビジネスホテルより快適に過ごせそうだった。風呂も宿泊客用の大きめの浴場はあるが、吾妻は別にある家族用の風呂を使わせてもらっているという。

案内してもらって見たら、それはまだ残っていたのかと驚いてしまう五右衛門風呂で、脱衣所は畳敷きという奇妙でいてどこか贅沢《ぜいたく》さを感じさせる風呂場だった。

おまけに、明日からの朝食だけでなく到着したその日の夕食も用意してくれていた。他の泊まり客の部屋からは離れた、老婆の居住スペースにある食卓に出向いて食べさせてもらった。

テーブルに並んでいる料理に贅沢なものはない。焼いた魚の干物や野菜を煮炊きしたもの、漬物に具の少ない味噌汁《みそしる》。それでも、どれもがいい食材を使っているのはわかる。彼女があの歳であれだけ矍鑠《かくしゃく》としているのは、こういう食生活をしているからだと納得できるような食事だった。

吾妻は宿代が値上がりしたと文句を言っていたが、二人で一週間泊まって三万円だ。快適な部屋と風呂ばかりか健康的な食事までがついて、一日一人頭二千円と消費税なら安すぎて申し訳なくなってしまう。

七生がすっかり恐縮していると、吾妻は部屋のエアコンを切って窓を大きく開き、窓がまちに腰かけながら笑い飛ばす。

「どうせこの宿も爺さんのところへ行くまでの暇潰《ひまつぶ》しみたいなもんだ。婆さんが好きでやっていることだ。こっちは甘えていればいい」

押入れから出した布団も充分に日に干してあったのか、ふかふかで気持ちがいい。七生はそれにシーツをかけて二人分の寝床を作ってから、吾妻のいる窓のところへ行った。

すっかり夜も更けている。路地裏の奇妙な建造物の奥まったこの部屋からは、窓を開けると小さな中庭のようなスペースが見える。そして、見上げれば建物の屋根で区切られた四角い夜空がそこにあった。

河口湖のコテージとは違い、驚くほど星が少ない。地上はいつまでもネオンで明るいけれど、空はどこまでも暗いのが都会なのだ。

「あの暗闇に何もかもが呑み込まれていくんだな」

吾妻のそばに座りボソリと呟いたそれは七生の正直な思いだった。すると、吾妻も空を見上げたままたずねる。

「おまえも呑み込まれるつもりか?」

「俺はもうとっくに呑み込まれているから……」

「だったら、戻ってこい」

いきなり吾妻がこれまでとは違う口調で言った。ハッとした七生が彼の顔を見上げる。いつもの皮肉っぽい笑みも見慣れた不敵な笑みも浮かんでいない。吾妻は少し悲しげでいて、慈愛に満ちた視線を七生に向けていた。

そんな顔で見つめられたら、七生はどうしたらいいのかわからなくなる。両親の死の真実を突き止めてからというもの、復讐を誓った心に一度も迷いが生じたことはない。怯えや不安はあったけれど、それさえ七生を止めるには足りなかった。

自分が自分であるため、この世に生まれてきた意味を知るため、これは成さなければならない。そう思った瞬間から、七生の中に確固たる決心が生まれた。あれから何年の月日が流れただろう。吾妻の言うとおり、誰にも心を開かず、ただ一つの目的のためだけに生きてきた。だから、戻れない。いまさら引き返すことはできない。

吾妻はそれ以上何も言わず、七生の体を抱き寄せた。彼の腕はいつだって強引だ。なのに、七生は逆らう術《すべ》を持たない。最初はこれも条件のうちだった。けれど、今はもう違う。七生は吾妻に抱かれて自分を知った。こんな自分もいたのだと教えられた。

愛欲に溺れることなどないままに人生を終えるのだと思っていた。でも、許らずもそれを吾妻によって教えられた。柔らかくいい匂いのする女性に己自身を埋《うず》めるのではなく、この体に熱く硬い塊を受け入れて感じる快感がある。

「七生、おまえは生きているんだ。俺が抱けば喘ぐし啼く。それでいいんじゃないのか?」

もちろん、吾妻の言いたいことがその言葉どおりだとは思っていない。もっと深いところに彼の思いはあるのだろう。

初めて彼の写真を見たとき、それなりの衝撃を受けた。関西のドヤ街で会ったときは、はっきりこの男だと確信した。河口湖のコテージで生活をともにし、何度も体を重ねていくうちに吾妻という男の深さが七生にもわかるようになっていた。

自衛隊にいたときもそうだったのだろう。彼は自分には厳しいが人にはかぎりなく優しいのだ。そんな男が世の中の不条理を叩きつけられ、どんなに屈強な体と精神力をもってしても勝てない相手がいると思い知らされた。

その後の彼はもっと自分に厳しくなったのかもしれないが、その分だけさらに人に優しくなったのだと思う。だから、誰もが彼の過去を探らず彼自身を受け入れるのだ。傷ついた人間は人の傷もわかる。その痛みを知りながら、それでも優しくなれる吾妻だから心を許すのだろう。

「吾妻さん……」

彼の名前を呼んで、七生は両手で抱きついていった。

「俺を抱いて。もっと何度も抱いて。あなたを知りたい。もっともっと知りたいんだ。あなたの全部を知ってから……」

すべてを終わらせたい。それで今生の後悔がすべてなくなるとは思わないけれど、七生の心はいくらか穏やかでいられるかもしれない。

ここは自分が生まれ育った東京だ。けれど、これまでの人生で足を踏み入れたことのない場末の宿だ。関西では吾妻を見つけたい一心で無我夢中で飛び込んでいった。けれど、あのときは近隣のビジネスホテルに滞在していた。だから、こういう宿に泊まるのは初めての経験なのだ。

路地の奥にあるひっそりとした門構えは、吾妻を訪ねていった「めぐみ荘」の印象と変わらない。だが、この部屋はずっと清潔で居心地がいい。まるで田舎の祖父母の古い家にやってきたような安堵感さえある。

柔らかい布団にきれいなシーツ。そんな上で吾妻に抱かれる自分。これは幸せというものだろうか。七生にはよくわからない。

子どもの頃から好奇心は旺盛《おうせい》で、勉強も嫌いではなかった。中学時代は両親のことがあって心が虚ろなときもあったが、高校に進学して志望大学には現役で入れた。院にも問題なく推薦をもらって進級した。

けれど、吾妻に抱かれる快感は、机上で学んできたどんなこととも違う。皮膚を通してこの温もりが自分に与えてくれるものを、七生はなんと呼べばいいのかわからない。

「まったく、おまえが女ならとっくにケツを捲《まく》って逃げ出してるのによ。男ってのは厄介なんだよな」

吾妻が苦笑を漏らしながら、七生の体を寝床の上に押し倒す。女はやめたという男に、男は厄介と言われるのは少しばかり不本意だ。そもそも、抱かせろと言い出したのは吾妻のほうなのだ。

「俺が女なら、あなたみたいな危険な男に抱かれてませんよ。だいたい女なら、復讐だって他の方法を考えていたでしょうしね」

「だろうな。その面で女だったら、銃なんかなくても男を殺せる」

「どうせ女顔ですから。まるで褒められている気はしませんが、男に生まれたことは後悔してませんよ」

七生が言うと、吾妻は笑い唇を重ねてくる。吾妻の口づけはこれまで唇を重ねた誰のものとも違う。そもそも、吾妻に抱かれる以前は女性との関係しか持ったことがないから、キスをするにしても自分が主動だった。けれど、吾妻の口づけは完全に彼の思いのままに貪《むさぼ》られている感じで、七生は抵抗こそしないがそれを受けとめるのが精一杯なのだ。

体を重ねれば、吾妻の手は遠慮など知らずに七生の頭からつま先までを存分に撫で回す。ときには嘗め回して七生が掠れた悲鳴を上げると、満足したように淫靡《いんび》な笑みを漏らしてみせる。

どんなに人に優しくても油断をすることはない男だ。敵も味方も一瞬で見分ける男が、七生を抱いているときには淫らな彼の本性をさらけ出す。七生もまた快感に溺れる自分を晒《さら》しながら、互いに欲望を存分に貪ってしまう。

あられもない格好で抱かれ、体の奥を抉られて淫らな声を上げる自分。こんな自分がいたことを教えられて、それならそれでもいいといつしか思うようになった。それればかりか、もっと淫らで妖しげな自分がいるなら、吾妻に全部引き出してもらいたい。

「あっ、ああ……っ、気持ちいいっ。もっと、もっと触って……っ」

「馬鹿めっ。もっとまっとうな快感に溺れろってんだ」

七生の後ろの窄《すぼ》まりを、太い二本の指でまさぐりながらそんなことを言う。快感にまっとうも間違ったものもないだろう。感じるから感じる。ただそれだけだ。そして、それを教えたのは吾妻なのだ。

七生はいつしか甘えるように吾妻に抱きつくことを覚え、彼のたくましい胸や腕に噛みついて己の絶頂を訴えるようになっていた。今も前を擦られ、後ろを慣らされているだけで前があえなく弾《はじ》けた。

こんなにも快感に弱い体を恥じる気もない。これでいい。人が五年、十年とかけて覚え、感じることを、自分は今のこのときに全部知ってしまいたいから。

一度果てたままで吾妻を受け入れても一緒にいくことはできない。それよりも七生は吾妻自身の反応を知りたかった。真っ白なシーツの上で体を入れ替えて、彼の股間にしゃぶりついた。雄の匂いもこの量感も何もかもが命の脈動そのものだった。

「ずいぶんとうまくなったじゃねぇか」

七生が吾妻に口淫をしてやると、その言葉が嘘でない証拠にいつになく上擦った声で言う。それが嬉しくて、七生はもっと懸命に唇と舌を使った。

「あっ、クソッ。ちょっと待てよっ」

吾妻が怒鳴って七生の髪を引っ張る。七生は口元を手の甲で拭いながら、吾妻の専売特許のような不敵な笑みを浮かべてみせた。本当なら口で吾妻をいかせてやりたかった。だが、そう簡単な男じゃないこともわかっている。

あっさりと唇を引き剝《は》がされ、布団の上でうつ伏せにされて腰を持ち上げられる。

「おい、突っ込んでほしいか？」

また淫らな言葉を七生に言わせて、精神的に優位に立とうとしているのだろう。そんなことはどうでもいい。抱いても抱かれても同じだ。人間の体はどうしたって快楽には勝てない淫らなものなのだ。そう悟って、七生は抵抗を捨てた。

「入れてっ。ほしいから、お願い……っ」

恥ずかしい言葉も言える。でも、七生は知っている。こんな言葉は吾妻にだから言えるのだ。そして、吾妻もまた気づいているはずだ。七生がうわべだけの演技でその言葉を口にしているのではないことを。

吾妻に会えてよかったと思っている。せっかくこの世に生を受けたのだから、この世で学べるものはどんなことでも知っておきたい。だから、教えてもらった分だけの快感を、同じ快感で吾妻に返したい。

その日の夜から愛欲に狂ったように、二人は毎晩体を重ねて過ごした。一日一日と復讐の日が近づいてきて、七生の中にも否応なしに緊張が高まる。吾妻のほうは完全に隊にいたときの感覚を取り戻しているのか、どんなミッションであっても冷静にその当日を待つという心境らしい。

都心では真夏日と熱帯夜が続いている。そして、コトブキ荘での時間はゆったりと流れながらも、松前襲撃の日まであと三日となっていた。

◆◆

夜は吾妻と体を重ねながらも、昼間の七生は下調べのために動き回ってきた。

松前の家とその周辺の地理的な条件を覚えてもらうため、車で吾妻を連れて二度ほど下見をした。

「思った以上に隙だらけだな。これじゃ暗殺してくださいとすっ裸で歩いているも同然だ。日本の平和ボケは自衛隊ばかりか警察庁も相当なもんだ」

警護の者がついて送り迎えをしてもらっている松前だが、吾妻の目には穴だらけの警備に見えているようだ。松前の隣家の塀を見たときも、狙撃に都合のいい場所を見つけたらしく機嫌はよかった。だが、その点については、内部に入って最終確認をしなければならない。

吾妻は都内に戻ってから比較的リラックスして過ごしているが、七生のほうはいよいよ緊張感が高まってきた。計画に万一の間違いがないよう何重にもセイフティネットを張る形で、シミュレーションしたパターンは約百通り近くあった。その中でほとんど可能性のないものを省いていっても、約三十のパターンは考えられる。

昼間は松前の隣家のセキュリティーシステムや出入りの業者について調べながら、逃走経路の渋滞状況についても検証する。もちろん曜日によってもそれは違うし、万一幹線道路のどこかで事故でも起きようものなら、検問が敷かれる前に都内を抜け出すのは難しくなる。

そういう場合、どの交通手段を使いどの方角へ逃走するかまで類似パターン別にまとめ、対処方法を個々に考えながらパソコンのモニターを睨んでいた。すると、夕食を食べたあと酒を飲みはじめた吾妻が茶化すように言う。

「うちの諸葛亮孔明《しょかつりょうこうめい》殿は熱心なこった。いいから、ちょっとこっちへきて抱かせろ」

三国志の参謀の名前を出してからかわれても、怒る気にもならない。七生にしてみれば、松前暗殺さえ叶《かな》えば、何があっても吾妻だけは逃がさなければならない。

いざとなれば、銃を七生が受け取り吾妻と別れて逃走することも考えている。吾妻一人なら警察の網をかいくぐって逃げることもできるはずだ。

七生はきっと吾妻ほど巧みに逃げきれないだろう。どこかで職務質問に遭えば、不審人物として身柄を拘束される可能性も高い。

少し調べられれば銃の所持資格を持っていることが判明するだろうし、そのときは松前を恨んでいたための犯行だと自供すれば一件落着となり、吾妻にまで捜査の手が及ぶことはないだろう。

七生が最悪の状況をシミュレーションしている背後から、吾妻は両手で体を抱き締めてくる。夕食の前に二人で一緒に風呂に入ったので、あとはいつものように存分に抱き合って熱帯夜を過ごすだけだと思っているのだろう。

もちろん、七生もそれに異存はない。今生で味わえる快感を味わい尽くしてしまうくらいの気持ちで、吾妻に体をあずける。

何度でも抱いてほしい。気のすむまでこの体を好きにしてくれればいい。こんなことで彼の手を血で汚すことを贖《あがな》えるわけもない。わかってはいても、もうここまできてしまった七生には他にできることはない。

「吾妻さん、一つ聞いてもいいですか？」

彼の膝《ひざ》の上に抱き寄せられ、胸の突起を摘《つま》まれながら七生が言った。吾妻は七生の首筋からシャツを脱がせた鎖骨のあたりに唇を寄せながら、質問の先を促す。

「どうして女はやめたんです？　やめたというかぎりは、以前は抱いていたんでしょう？」

「面倒だから訊くなと言ったはずだぞ」

「ええ、覚えています。でも、ちょっと知りたい……」

体をまさぐられて、その慣れた愛撫に身を捩りながらも七生は吾妻の耳元で「お願い、教えて」と囁く。

こんな淫らな小細工ができる人間だと、七生自身が知らずにいた。でも、そうすることになんの抵抗もないのだから、そもそも自分はそういう人間だったのかもしれない。七生の柄にもない甘い言葉に吾妻が苦笑を漏らす。

「自衛隊の同期で、気の合う奴がいたんだ。頭も悪くないし、訓練でも常に俺とトップを競っていた。だが、奴はしくじった」

「しくじった……?」

それだけではなんのことかわからない。隊にいてしくじるというのはどういう意味だろう。任務をやり遂げることができなかったという意味だろうか。だが、そういう意味ではなかった。

「休日前の夜に通っている飲み屋で知り合った女といい仲になってな。どこかの会社の事務員をしているということだったが、田舎から出てきて一人のアパートに帰るのが寂しくてつい飲み屋に寄ってしまうと言っていたよ」

よく聞く話だけによくできた話だったと吾妻が皮肉っぽく笑った。

それは、二人が自衛官になって六年目の頃のことだった。近々他国への派兵が内部では決まっており、その旨が隊員に伝えられていたが、国会ではまだ審議の最中であった。どこの国へどのくらいの規模で、どのくらいの装備をして行くかについては日本国憲法上、当時は今以上にデリケートな問題だったのだ。

「だが、奴はそのねんごろとなった女に内部事情を話しちまったのさ」

結婚の約束もしていたようで、近い将来妻となる女性に自分の派兵予定について話したくなる気持ちはわかる。結婚してすぐに新妻を一人にさせるのは忍びない。ならば、無事に帰還してから式を挙げようかなどと具体的な話もしていたらしい。

ところが、派兵の情報を話した翌日、彼女は忽然《こつぜん》と姿を消した。アパートはもぬけの殻で、大家に伝えていた情報もすべてがデタラメだった。

「ハニートラップだ。あれほど優秀な男が見事に引っかかった。もっとも、各国の外交官や首相クラスでさえ引っかかる手だ。男の下半身ってのはどうしようもない」

自分を含め、男という性を自嘲的に笑う。その同期の男は自衛隊を去り、それが吾妻が女をやめたきっかけだったという。

「ゲイ専門のハニートラップもあるんじゃないですか？」

それは当然の疑問で、吾妻もあっさりと肯定する。だったら、女をやめて男に切り替えたところで男に引っかかれば結果は同じだ。

「俺はゲイじゃないんでね。女には引っかかるかもしれんが、男には引っかからん。そういう目的で近づいた男なら嗅《か》ぎ分けられる」

確かに、吾妻の言うことは一理あると思った。もともと男が好きというわけではない。性欲を満たすために抱いているのなら、そこに情を絡めてほだされることもなければ、騙《だま》されることもないのだろう。

そのとき、吾妻がどういう気持ちで自分を抱いているのかを考えた。七生を抱くのもやっぱり性欲処理のためだろう。そう思ってから、少し寂しく感じている自分がいる。どんなときもままならない。本当に人の感情というのは皮肉なものだ。

「なぁ、七生、おまえは……」

吾妻が股間に顔を埋め口淫を続けている七生の髪をやんわりつかみ、何かをたずねようとした。だが、彼らしくもなく言葉をそのまま呑み込んだ。七生が顔を上げると、少し悲しげな目をした吾妻の表情が目に映った。

「俺が何……?」

七生のほうから問いかけたが、吾妻はなんでもないと首を横に振ると両手を伸ばして七生の体を引き寄せる。抱き起こして胡坐《あぐら》をかいた自分の膝の上に跨《また》がせると、いつものように潤滑剤をたっぷり使った太い指を股下から後ろに回して窄まりを解《ほぐ》しにかかる。

「ああ……っ、んんぁ……っ」

七生が夏の間に少し伸びた前髪を横に振り、喉を大きく仰《の》け反らせて喘ぐ。腰が自然に揺れて、もっと熱く硬い刺激がほしいと身悶えた。吾妻に抱かれていると、生きている自分をはっきりと意識する。魂が震えるほどの快感がそれを教えてくれる。

何をしているときも両親の死の呪縛にとらわれて、笑っても心から笑えない。楽しい素振りをしていても、心のどこかが冷え切っていた。でも、復讐を目前にして、吾妻が七生の魂に命を吹き込んでくれた。

吾妻の手に促され、七生は屹立《きつりつ》する彼自身の上に真《ま》っ直《す》ぐ腰を沈める。

「うう……っ、くふ……っ、ううぁ……っ」

小さく呻《うめ》くと、吾妻もまた低く声を漏らす。彼も感じているとわかって嬉しい。こんな感情も知らなかった。女の子と関係を持ったときでさえあまり意識することがなかった。そう考えると、自分はしみじみ女性とは無理だったのかもしれないと思う。

吾妻のたくましい腕は七生の体を簡単に上下させる。畳に膝をついて七生もその動きを助ける。擦られる中が熱い。疼《うず》くような快感が一気に自分を呑み込みそうになると、一度動きを止めて唇を重ねる。

風呂に入ってきたばかりだが、もう二人とも全身がしっとりと汗にまみれている。吾妻の汗の匂いは嫌いじゃない。吾妻も七生の匂いは嫌いじゃないと言ってくれた。

互いの雄の匂いがそれぞれをより強い興奮へと導いていく。高ぶりが七生をすべてから解放してくれる。この男に出会えてよかった。吾妻はどう思っていても、七生はたった今心からそう思っていた。

その日はまだ外が薄暗い時間に宿を出た。料金は前払いしてあるし、吾妻は明日にはここを出ると世話になった老婆に伝えてあった。

車に荷物を積み込み、リアウインドウや後部座席の窓から見える部分には、業者らしい道具を積み込んだ。バケツやモップや薬液のケースなどだ。また、吾妻がどこからか調達してくれた脚立もルーフに載せている。あの日見かけた植木屋もそうだったが、これでかなり何かの作業にやってきた業者っぽくなった。

二人のいでたちももちろん、それらしくしている。吾妻は例の作業着に安全靴のスタイル。七生も足元は安全靴だ。関西のドヤ街で何気なく買った一足だが、思いがけず役立ってくれた。

服装も極力目立たないように地味なグレイのジャンパーに黒のジーンズで、顔を隠すためにキャップを深く被《かぶ》っている。

まだ夜が明けきる前に松前の隣家の裏口に車をつける。屋敷は相変わらず誰もおらず、しんと静まりかえっていた。松前家も含め周囲にもりっぱな屋敷が並ぶ中、そこだけはかなり広大な一角を占めていて、不在の間も一年に何度か植木屋を入れなければならないほど庭には木々が鬱蒼《うっそう》と生えている。

白塀で囲まれた南寄りのエリアに二階建ての建物があり、松前の家と隣接している部分は庭の北側の一番奥まった場所になる。

これだけの屋敷なので、当然ながらセキュリティーのカメラは設置されている。だが、正面ゲートのカメラは作動しているが、裏門のそれはダミーだ。管理会社の人間が毎月上旬に一度見回りにきていて、あとは植木屋が定期的に入る。住人が帰国する直前には、クリーニングや電気やガスなどの業者がきて手を入れる。

それなりに裏門を使う人がいるので、ここには暗証番号を打ち込んだり、認証が必要な面倒な鍵はつけていない。出入りの業者には必要に応じて管理人が鍵を預け、作業が終われば返しにいくといういまどきにしてはいささかアナログな方式でやっている。それらの情報は、植木屋から直接聞き出したことなので間違いない。

七生はここで植木屋が作業をしているのを見かけた翌日、またこの屋敷にやってきて中で彼らが作業しているときにわざとサッカーボールを投げ入れたのだ。中に植木屋がいるのはわかっていたので、声をかけて庭に探しに入らせてほしいと頼んだら簡単に招き入れてくれた。

そこでボールを見つけた七生は、しばらくして冷たい飲み物を数本とちょっとしたスナック菓子を買い込んでお礼を言いにいった。植木屋はそれをきっかけに休憩に入り、七生と世間話をはじめた。

ここで七生は大学で生物学を専攻していて、珍しい植物を集めに山にフィールドワークに行くと嘘をついた。けれど、この庭なら充分珍しい植物が見つかりそうだと広い庭に感心してみせると、植木屋の親方自らがまるで自分の家のように庭を案内してくれたのだ。そして、そのとき屋敷の裏口の出入りについてもさりげなく聞き出しておいた。

吾妻は七生が内向的で無愛想な人間だと思っているようだが、必要となればこれくらいの芝居はできる。ときには野鳥観察をする学生、ときには地方から出てきた就職活動中の学生、ときには生物学専攻の学生。なんでもござれだ。

植木屋の定期的な手入れも終わり、管理人の見回りは来月の頭だ。なので、今は屋敷内はまったくの無人だ。また、屋敷そのものには厳重なセキュリティーシステムを導入しているようだが、庭に関してはほとんど無防備といってもいい状態だ。

吾妻が裏口にかかっている二つの南京錠を針金で簡単に開けて、車のルーフから下ろした脚立を担ぎ中に入っていく。後ろから七生が銃を持ってついていく。

広い庭を横切って北側の塀のそばまでくると、そこに脚立を置いて塀越しに松前の屋敷の正門を見下ろす。一度脚立から下りて位置をずらし、迎えの車に乗り込む松前がよく見える場所を定める。都合よくそこには桜の木の枝が大きく外へ張り出していた。銃口を塀の上から少し突き出しても、周囲からはあまり目立つこともないだろう。

すべての準備が整って、時刻を見れば午前五時半。今から約三時間半、ここでじっとターゲットを待つことになる。七生も狙撃の十五分前まではここに待機する。七時から八時は閑静な住宅街とはいえ、通勤通学の人の往来が少なくない。その人の流れをやり過ごしてから車に戻り、そこでエンジンをかけて狙撃を終えた吾妻が戻ってくるのを待つことになる。

時間がくるまで、吾妻と七生は塀にもたれるかっこうで地面に座り込む。夏の早朝に木立の陰にいれば、猛暑などすっかり忘れる心地よさだった。

「これが終わったら、まずはこの足で関西まで戻ります。ほとぼりが冷めるまで、しばらくはまたドヤに潜伏していてもらうことになります」

狙撃を終えたあとの段取りはもう何度も吾妻に話している。だが、今一度確認の意味でこれからのことを話しておこうと思った。

「おまえはどうするんだ？　叔父さんのところへ戻るか？」

七生は首を横に振って微かに笑った。

「叔父のところへはもう帰れません。松前狙撃のニュースが流れれば、きっと叔父は俺の仕業だとすぐに気づくでしょう」

でも、叔父が七生を警察に売るような真似はしないとわかっている。彼もまた警察に対して姉夫婦の一件で大きな不信感を抱いている。七生のように復讐こそ企《くわだ》てないが、国家権力が正義などとはもはや信じてはいない人だ。

「せめて自分のそばで平穏に生きてほしいという叔父の願いを知りながら、俺は彼を裏切った。俺も以前のあなたのように、どこか太陽のない街で暮らしますよ」

「似合わないな。その顔はドヤじゃ目立ちすぎる」

「顔なんかどうでもいいですよ。一ヶ月もいれば、誰も気にもしなくなる。俺もいい感じにくたびれると思いますよ」

自嘲的に言うと、吾妻はどうだろうなと疑いの目を向けている。

「それより、五千万はちゃんとあなたの手元にいくようにしておきますから。これからの人生はどうするつもりです？　やり直すのに少しは役立つといいんですけど」

「充分じゃないか。もっとも、そんな金なんかなくても俺は自分のやりたいように生きるだけだけどな」

吾妻の言葉が強がりでないことはわかる。彼は金など必要ないだろう。これまでは自分の意思でドヤ街にいただけで、その気になればいつだってあそこから抜け出せる男なのだ。

「今日で全部終わる。なんだか不思議ですね。あなたとは出会って間もないのに、誰よりも長く一緒にいた気がします。両親や叔父さんとよりも、あなたといた時間のほうが長く感じるんだ」

七生が言うと、吾妻は隣から手を伸ばして七生の頭を撫でる。まるで大人が子どもを褒めるときのような撫で方で、七生は苦笑交じりに彼を見上げた。

「おまえは一生懸命生きてきた。これからもそうすればいい。辛いことをたくさん呑み込んだ人間は、それだけ強くなれる。おまえは充分に強い。何も恐れなくていいんだよ」

「何も恐れてなんかいませんよ。そんな感情もどこかに置き忘れてきたから……」

「置き忘れたものは取りに戻れ。それは必ず置いてきた場所にあるはずだ」

なんでそんなことをいまさら言うのだろう。七生にはもう未来はないとわかっている。犯罪に手を染めて、この先安穏と生きていけるはずもない。

「なんだか今日はずいぶんと説教臭いじゃないですか」

「年長者として、たまにはまっとうなことも言っておかないとな」

「それこそ似合わないですよ」

憎まれ口を叩くと、吾妻は笑って撫でていた七生の頭を自分のほうへ引き寄せる。塀にもたれて座ったまま、頭を吾妻のたくましい二の腕にあずける。この腕に何度も抱かれた。体の奥から込み上げてくる本当の快感というものを教えてくれた。

それは一度知ってしまったら、知らないままで死ぬのはいやだと思えるほどに気持ちのいいものだった。吾妻は七生を抱いて気持ちよかっただろうか。こういうことをたずねるのは、自分に自信がないと白状しているようでみっともない。わかってはいても、最後にどうしても訊いてみたくなった。

「女をやめてから、何人も男は抱いたんでしょう？　俺はどうでした？」

すると、吾妻はちょっと目を見開いてこちらを見下ろしていた。きっと馬鹿なことを訊くと呆れていたのだろう。だが、すぐに笑顔になって言った。

「おまえは最高だったよ。面もいい。体も触り心地がよかったし、匂いも俺の好みだ。生意気な口をきくをきくところもおもしろかったしな。何よりあそこの締めつけは抜群だった」

最後の言葉だけは下卑た口調になった。七生のような慣れない若造が相手では、物足りなかったのだとわかっている。それでも傷つけまいとそんなふうに言って、深刻にならないように最後は茶化したのだ。これが吾妻という男の優しさだ。でも、この男には「化け物」になってもらう。

それからは二人で体を寄せ合ったまま無言で時間を過ごし、やがて八時三十分が過ぎた。七生は立ち上がり白い塀のほうを向いた。間もなく、この向こうに松前が現れる。何人もの無実の人間を非情に消してきた男だ。彼の当たり前の日常は今日で終わる。

七生が強く拳を握り大きく深呼吸をしたところで、吾妻も立ち上がった。袋の中から銃を取り出して弾を充塡すると、一度それを構えて目の前の何かに狙いを定めている。まるで呼吸をするように自然な動きだった。彼が仕損じることはない。七生は吾妻を信じている。

もう一度腕時計を見る。八時四十五分。あと十分で迎えの車が門の前にやってくるだろう。七生は吾妻と一度視線を合わせてから、無言でその場を立ち去った。背後で吾妻が片足を脚立にかける鈍い金属音が響いていた。

七生は屋敷の庭を駆け抜けて、裏口から速やかに外に出た。さっき吾妻が開けた南京錠は二個とも裏口のドアの取っ手に引っかけておく。吾妻が戻ってきたら、鍵を元通りにかけておく。そういう小細工であっても、警察の捜査を少しでも攪乱《かくらん》することができればそれでいいのだ。

車の中に戻った七生はキャップを深く被り直し、車のエンジンをかける。通りに人の姿はない。近くの家屋の二階や庭先から見られたとしても、屋敷のメンテナンスにやってきた業者にしか見えないはずだ。

（あと三分……）

七生は静かに目を閉じた。スラッグ弾の発砲音ならここにいても聞こえるはずだ。そして、吾妻がここへ駆け戻ってくる頃には松前の屋敷の前は大騒ぎになっているだろう。警護の者が周囲に散って狙撃犯を探し、家族が救急車を呼び、通りかかった人がいれば悲鳴を上げて逃げ惑うに違いない。それらの人たちの中心には、吾妻の銃で急所を撃たれ血を流して倒れる松前がいるのだ。

死の瞬間、松前は何を思うだろう。己のしてきたことを一瞬でも省みるだろうか。あるいは、そんなことを思う間もなく、意識が途切れてこの世を去るだろうか。

（あと一分……）

すべてが終わる。これで解放される。七生は小さく秒数をカウントダウンしはじめた。

（五、四、三……）

やがてその瞬間がきた。けれど、なぜか銃声が響かなかった。七生はキャップのつばを上げて怪訝な顔で屋敷の裏口を見る。そして、もう一度時計を確認する。確かに九時を過ぎている。

車の到着が遅れたのだろうか。三分が過ぎた。松前のほうの事情だろうか。そして、五分が過ぎた。やっぱり発砲音は響いてこない。

「な、なぜだ……っ」

思わずそう漏らしたまま車のハンドルを拳で叩く。予定なら狙撃を終えた吾妻が駆け戻ってくるまで三分ほどだ。だが、発砲音がないまま彼が戻ってくるのかどうかもわからない。どうして銃声がしなかったのか。何かトラブルがあったのだろうか。七生は懸命に頭の中であらゆる可能性を探る。

たとえば、松前の予定が変わって遅い登庁になったとか、体調を崩して今日は自宅にいるとかなら仕方がない。でも、もし警護の人間に見つかって吾妻が捕まっていたとしたら、七生もいつまでもここに待機しているわけにはいかない。

(どうしたんだ？　どっちだ？　トラブルかしくじったのか……)

苛立ちのあまり七生が車を降りようとした瞬間、背後から一台の車がやってきた。見覚えのある黒い高級セダンだ。七生は慌ててバンの中に戻ると、キャップのつばを下げて顔を隠しながらすぐ横を通り過ぎた車を凝視する。

間違いない。松前を乗せた車だった。いつもと同じ時間にこの道を通り、後部座席には平然とした様子の松前が座っている。ということは、しくじったのだろうか。七生は全身の血がざっと音を立てて下がっていくのを感じた。

まさか、あの吾妻がしくじるなんてことがあるだろうか。ガクガクと体が震えだすのを止めることができない。七生は拳で自分の太腿《ふともも》を強く殴り、落ち着けと言い聞かす。そして、大きく深呼吸をしたそのときだった。

屋敷の裏口が開いて、吾妻がゆっくりと戻ってきた。まったく慌てている様子はない。銃は元通り袋の中に入れられて、外からは何か作業に必要な道具をくるんでいるようにしか見えない。

裏口の南京錠をかけてくると、吾妻がバンの助手席のドアを開け、銃をくるんだ袋を先に後部座席に置いた。脚立は現場に放置してきたらしい。その落ち着き払った態度を見て、七生はある可能性に思い至った。

「ど、どういうことですか……？」

顔色一つ変えることなくちょっとコンビニに買い物にでもいってきたかのように助手席に座る吾妻に、七生が震える声で訊いた。

「どういうこともない。復讐など無駄だ」

いまさら何を言っているんだろう。七生の腸《はらわた》は煮えくり返る思いだった。

「まさか、怖気づいたんじゃないでしょうねっ。それじゃ、あなたの言っていた素人じゃないかっ。いいや、それ以下だ。やれるとわかっていてやらなかった。ただの腰抜けだっ」

七生が怒りにまかせて怒鳴り、吾妻の作業服の胸倉につかみかかった。吾妻は睨み上げる七生の顔を真っ直ぐに見つめる。その目にはいつもの鋭さがない。どこか哀れみにも似た目で七生を見つめているだけだった。

「そ、そんな目で俺を見るなっ。裏切ったくせに……っ」

思わずそう叫んで、七生は吾妻の胸倉をさらに強く締め上げようとした。だが、吾妻の手がそれを簡単に解く。手首を握られ捻《ひね》られただけで、七生は呻き声を上げて両手を引き離された。

「ぎりぎりまでおまえのほうから止《や》めると言ってくれるのを待っていたが、まったく情の強い奴だ」

それを聞いて、またカッと頭に血が上った。

「最初からやる気なんかなかったんだなっ。人の体をさんざん好き勝手しておいて、よくも……っ」

罵りながらも涙が込み上げてきた。信頼していた吾妻に裏切られたことが悔しくて、ポロポロと涙がこぼれた。誰も自分を解放してくれないのだ。吾妻まで自分を見捨てたのだ。もう何もかもおしまいだと思った。

すると、吾妻は嗚咽《おえつ》に肩を震わせる七生の体を抱き寄せようとする。

「俺に触るなっ」

脱いだ帽子を叩きつけながら吾妻の手を振り払おうとしたが、彼の腕が強引に七生を自分の胸に引き寄せた。

「離せっ、離せよっ」

懸命に身を捩っても、まるで柔道の寝技でもかけられたようにその腕から抜け出すことはできなかった。やがて力尽き、七生は全身をぐったりとさせて嗚咽を漏らし続けた。そんな七生の背中を吾妻の大きな手が何度もさする。そんなふうに慰められるのも腹立たしいのに、どうせ暴れればまた力をこめて身動きできなくされるだけだ。

そうして、しばらくの間じっと吾妻の腕の中で荒い息を整えようともせず泣いていた。吾妻も根気よく七生の背中を撫でていたが、やがて大きな溜息を漏らすと言った。

「おまえと初めて会ったとき、まるで昔の自分を見たような気がしたよ。今のおまえのように復讐を誓ったこともあった。俺も確かにそんな目をしていたと思い出した」

どういう意味なのか考える気にもなれない。復讐を果たせなかった虚無感だけが今の七生を支配していた。それでも吾妻は言葉を続ける。

「だが、ドヤで暮らした十年は俺を完全に日陰の人間にしてしまった。自分でも気づかないうちに、太陽の下に出ることさえ億劫になっていたんだ。なのに、おまえがやってきて俺はまるで頬を引っ叩《ひぱた》かれたような気分だった。たかが二十四、五の若造が、己の成すべきことをするのだと迷いもなく言った。よく見れば、あの頃の俺よりも強い意志を持っている。それに比べて俺はこんなところで何をやってるんだって思ったんだ」

落ち着いた吾妻の語り口調に七生も少し耳を傾ける。初めて会ったのはドヤ街で、吾妻はワゴンに乗り込んで七生の目の前でドアを閉めたはずだ。それから何度も彼を追いかけて、ようやく「めぐみ荘」に会いにいったときも酒の手土産がなければ追い返されていたと思う。けれど、吾妻はそうやって七生を邪険に扱いながら、心の中ではまったく別のことを考えていたということだろうか。

「おまえとならドヤを出ていけると思った。俺も成すべきことはあるはずだと思った」

「で、でも、撃たなかったじゃないかっ」

それでも七生は諦めきれずにそう怒鳴った。拳で吾妻の胸を強く叩けば、彼がわずかに眉を寄せる。

「最初から撃つ気はなかったさ。どんなに理不尽な目に遭っても、どんなに辛酸を嘗めさせられても、この国では己の手を汚したら負けだ。それに、おまえはもう充分に苦しんできたんだ。これ以上奴らと同じ業を背負って生きていくことなどない」

七生にしてみれば、それもすべて覚悟のうえのことだった。それに、そんな業を背負っていつまでも生き延びようなどとは考えてもいなかった。それは吾妻に案じてもらうまでもない。すると、吾妻は七生の肩をしっかりとつかみ、顔を上げさせる。

「もっとも、おまえはとっくに死ぬ覚悟でいたのかもしれないがな」

ハッと目を見張った。どうしてそのことを知っているのだろう。いつそのことに気づいたのだろう。七生はこの復讐を終えたら自ら命を絶つつもりだった。表向きの理由などなんでもいい。ただ、自分の保険金が必要だった。五千万を吾妻に支払わなければならない。

両親の死亡保険で支払うと彼には言ってあったが、その金はすでに今回の準備でほとんど使い尽くしていた。真相を調査するために六年間という時間を費やし、資格を取って銃を購入し、吾妻を探し出すために噂のあった地方都市をいくつも巡った。それ以外にも復讐のために必要なら、惜しむことなく必要経費として金を使ってきた。

七生がまとまった金を手に入れるとしたら、もう自分の命と引き換えにするしかない。五千万の保険に入り、月々の支払いもまた両親の保険金から捻出《ねんしゅつ》していた。そして、契約当初は叔父を死亡保障金の受取人にしていたが、先日その受取人を吾妻に変更しておいた。七生が死んで遺体の確認が取れれば、保険金は自動的に吾妻に渡るようになっていたのだ。

「最初から撃つ気もなかったくせに、どうして引き受けたりしたんだっ。とんだ茶番だ。樹海まで一緒にきておいて、何が『戦闘と人殺しのカン』を取り戻すだ。あなたに賭けてたのにっ。俺は、俺は……どうしようもないただの愚か者じゃないかっ」

「もっと早くに説得するつもりだった。おまえが誤ったレールの上を走っていくのを、どこかで止めなければと思っていたさ」

でも、それをしないままドヤ街を出て樹海にこもり、都内まで戻りこの狙撃の現場にまでやってきた。これが茶番でなくてなんだというのだろう。七生は悔しさのあまり歯嚙みをしながら呻き声を漏らす。七生の怒りに答えるように、吾妻がボソリと呟いた。

「止めようと思いながらも、いつしか俺はおまえといるのが心地よくなっていた。おまえといるとなんだか楽しくもあった。だから、もう少しおまえと一緒にいたいと思う気持ちを引きずりながら、結局今日まできちまった。茶番じゃなくて、信じようと信じまいとそれが俺の本音だよ」

「そ、そんな……」

もちろん、にわかにそんな言葉を信じる気にはなれない。彼が七生を抱きながら何を考えていたかなんて、わかるはずもなかった。訊いても無駄だと思っていたし、訊いて自分で傷つくこともないと思っていたからだ。けれど、七生の覚悟を試し己の性欲を満たすだけでない、別の思いが彼の中にはあったということだろうか。

「それでも、やっぱりおまえを死なせるわけにはいかないだろう」

吾妻は、最後の最後で引き金を引かなかった理由をそう説明した。思いがけない吾妻の言葉に困惑しながらも、七生は己の混乱を振り切るように半ばやけくそで言った。

「お、大きなお世話だ。俺がこの先どうしようと俺の人生だ。あなたには関係ない……っ」

もう死ぬ理由さえ見つからなくなった。だが、吾妻は視線を逸らしてしまった七生をもう一度自分の胸に抱き寄せると、なぜか少し震えるように詰まった低い声で言う。

「関係なくないっ。俺はおまえを愛しいと思っている。そんなおまえを犯罪者にすることも、死に向かわせることもできなかったんだ」

何を言われても怒鳴り返してやるつもりだったのに、一瞬頭の中が空白になった。

（え……っ？）

吾妻が今言った言葉を繰り返そうとして、にわかに頭が混乱する。さっきまでの怒りも忘れたように、ポカンとしていると吾妻が大きな手で七生の髪の毛をかき回すようにしながら言葉を続ける。

「七生、俺はおまえが愛しい。こんな気持ちになるとは思ってもいなかった。おまえが過去にいろいろな感情を置き忘れてきたように、俺も誰かを愛しいと思う気持ちなどどこかに置き忘れてきていたからな」

「あ、吾妻さん……」

「だが、俺は思い出した。そして、取り戻した。愛しい者は守りたい。愛しい者を守るために、俺は戦う人間になろうと思った。過去にはそう思っていた自分がいて、おまえは俺にそれを思い出させてくれた」

そのとき、七生は吾妻が自衛隊に入った本当の理由に気づいてしまった。彼が何と戦っていたのかはわからない。けれど、彼は愛しい人を守るために強い自分でいたいと思ったのだろう。

育ててくれた両親か、親しかった友人か、あるいは愛する女性がいたのかもしれない。そんな人たちを守る人間になるために、自分ができることがあるとすれば戦うことだったのだ。彼自身が自分のことを「化け物」と認めていた。そんな力を活かし、なおかつ人を守る場所を探したら、自衛隊しかなかったのだろう。

吾妻は七生の髪に唇を寄せ、彼の思いの丈を伝えてくれる。

「世の中は表面だけ見ていればきれいなものだ。だが、裏を探ったらその闇は果てしなく深い。自分の愛しいと思う者にその闇は探らせたくはない。そんなものは見ないまま、きれいな日の当たる場所で生きていてほしい。太陽の下で幸せそうにしていてほしいと思うんだよ」

「で、でも、俺は、俺は……」

七生はもう何を言えばいいのかわからなかった。

復讐は叶わなかった。七生はたった今人生の目的を見失った。それなのに、こんな自分を愛しいと言ってくれる人がそばにいる。その人は太陽の下にいろと言う。

「おまえには待っていてくれる人がいるだろう。叔父さんのもとへ帰って安心させてやれ。怨念《おんねん》を忘れて悲しみを呑み込み強く生きるんだ。おまえならできる。きっとできる。おまえは充分に強い人間だ」

「そんなことない。だって……」

七生が何か言おうとしたら吾妻が見たこともないような優しい笑顔を浮かべ、彼の大きな手のひらで頬を軽く叩く。

「信じろよ。おまえは俺までも太陽の下に引っ張り出したんだ。その細い腕と華奢《きゃしゃ》な体と女みたいな面をしていながら、誰よりも強い」

そんなことはないともう一度言おうとしたけれど、声にはならなかった。

七生はただ泣いた。悔しさと苦しさを吐き出すように声を上げ泣き続けた。それは、ずっと忘れていた涙だった。この涙は父のためであり母のためだ。そして、この涙が乾いたら自分はどこへ向かうのだろう。

まだ心の中で終止符を打つことはできない。けれど、七生の上で太陽は確かに輝いていた。

◆◆

夏休みの最終日、七生が戻ると叔父はすでに何かを察していたのか、息を呑んでから静かに嗚咽を漏らしていた。

彼もまた苦しみを乗り越えて生きているのだ。もちろん、そのことはわかっていたつもりだ。なのに、どうしてその気持ちをきちんと汲《く》み取ることができなかったのだろう。七生は目頭を押さえている叔父の姿を見て、あらためて心から詫《わ》びたい気持ちになった。

帰ってきてくれてよかった、帰ってきてくれて嬉しい。その日の夜は一緒に夕食のテーブルについて、そんな言葉を何回も聞かされた。七生は叔父がすべてを知っていたとわかってもなお、素知らぬ顔で旅は楽しかったと話した。

旅の話ならことかかない。関西でも富士の樹海でも日常とはかけ離れたものを見てきたが、そんなことは叔父に話さなくても、他にも語ることはいくらでもあった。

吾妻はあれからレンタカーを運転して関西に戻っていった。今後のことはどうなるか自分でもまだ決めていないと言っていた。しばらくはドヤ暮らしになるだろうが、いい加減日雇いをやっているのにも飽きたなどと笑いながら言っていた。彼のことだから何をしてもきっと生きていけるだろう。七生のような若造が心配することなど何もないのだ。

今回の件では結局のところ松前を殺害することもなかったので、報酬の五千万の支払いはなくなった。七生が自殺する理由もなくなったということだ。

生きているのだからやることは決まっている。大学院の講義も始まり、九月になってもまだ残暑は続いているが、七生は以前とまったく変わらない日常を送っていた。今朝も叔父と一緒に朝食を摂り、二人はそれぞれのキャンパスへ向かう。

今夜は友人と会うという叔父は、夕食はいらないと言っていた。場合によっては泊まりになるかもと言うので、七生は先に寝ていると言って家を一足先に出た。きっと恋人に会うのだと思う。叔父の恋人はどんな人なのだろう。少し興味があるが、それも詮索しないでおくほうがいい。

叔父との生活は、互いに干渉し合わずにいたからうまくいっていたのだ。それを壊すことなく、これからも生活をともにできたらいいと思っている。

大学へ向かう途中、七生は駅前のマンション建築現場の横を通りながら、高層階で安全帯をつけて作業をしている人たちを見上げてふと足を止める。

吾妻はまだ関西のどこかの現場で働いているのだろうか。この炎天下に塩を嘗め、水を飲み、今夜の宿泊費と酒代のために汗を流しているのだろうか。それとも、もうドヤ街での生活に見切りをつけて、新しい人生を歩み出しているだろうか。

両親のための復讐を誓ってから六年という月日が過ぎていた。今になって振り返ってみれば、まるで長い夢を見ていたような気分だった。けれど、夢はいつか覚めるものだ。七生はもう闇を探ることはないだろう。この国のどこかは狂っているかもしれない。どこかは病んでいると思う。あるいは、この国にかぎったことではないのだろう。

いつか吾妻に本気で怒鳴られたことを思い出す。『銃撃戦も空爆もない場所で暮らしていて、勝手なことをほざくなっ』と。世界には多くの闇が渦巻いている。それは誰もが否定できない事実なのだ。

それでも、人は穏やかに生きていきたいと望んでいるし、愛する人を悲しませない生き方もあるはずだ。七生は吾妻に会って、同じ痛みを知る彼にそれを教えられた。傷つけず、悲しませず、生きていけるところまで生きていけばいいのかもしれない。

その先に何があるのかはわからないけれど、こうして太陽の下にいることがどれほど大切なことなのか、今は七生も理解しているつもりだった。

そんな思いとともにときが流れ、季節も流れていく。やがて秋がすっかり深まり、朝夕はそろそろ暖房がほしいと思うようになった頃のことだった。

先日、院の心理学の教授から来年の卒院後のことについて話があった。どこかに就職の予定がないのなら、このまま院で助手として働いてみないかという誘いだった。七生の大学では助手から講師になり、その後は准教授へとなる者が少なくない。七生に話を持ってきてくれた教授も、そういう道筋で現在はこの大学で教鞭《きょうべん》を取りながら著述業でも名を上げている。

突然の話だったので、他校とはいえ大学で教鞭を取っている叔父に相談したが、案の定七生の意思にまかせると言われた。

七生自身はそれも悪くないかと思っていた。社会に出て新しい人間関係を構築しながら働く選択もあった。けれど、学問の場に身を置いていられれば、この先も研究を続けることができる。両親の死は今もなお七生の心に深い影を落としている。けれど、今は復讐という選択肢を捨てて、学問の道で少しでもこの国の闇を白日のもとに晒したいと考えている。

それに両親の死後に引き取られたこの十年あまりの叔父との生活を振り返ってみて、七生はしみじみと思うことがあった。

七生の容貌は母親によく似ている。それは自分でもちゃんと認識している。そして、性格は父親から受け継いだものが多いと思っていた。だが、それは育っていく環境の中で父親の影響を多く受けたということだったのだと、近頃になって理解した。

七生の本来の性格は父よりも母よりも、叔父に一番よく似ているようだ。見た目は少々女性的でかなり柔らかい印象ではあるが、実は情が強い。他人の干渉を望まないが、けっして人とのかかわりを拒むわけでもない。

大勢の人とうまく関係を保とうとは思っていないが、少数の心許せる人とは最後まできちんと向き合っていたいと考える人間だ。そして、何より学問の場に身を置くことが心地よく、教えることも学ぶことと同じくらい自分の人生において有意義だと思っている。

叔父と二人、ともにそれぞれの学問の道で生きていくのもいいだろう。七生は助手の話を喜んで請けたいと教授に伝えた。

夏以降、夢から覚めたものの自分の進むべき道がわからずにいた七生だが、ようやく将来の道筋が見えてきた。自分のするべきことが決まった今は、もう一つやらなければならないことがあった。

七生は冬の休暇を待ちわびて、再び旅に出た。叔父にはもう何も心配しないでいいからと、笑顔で手を振って出かけた。何があっても七生はここへ戻ってくる。七生の人生はここにあると知っているから。

そして、今回の旅は難しい旅ではない。行き先も遠くはない。調べるのには少々手間がかかったが、これまでの道を辿《たど》るのは感慨深いものがあった。そして、彼を知る人たちに出会いながら、ようやく居場所を突き止めることができた。

あの日、目的を達成できなかったものの、七生は吾妻に抱き締められて自分の人生を生きろと説得された。亡くなった両親や叔父もそれを望んでいることはわかっていたのに、七生は復讐にひた走ることを止められなかった。

けれど、吾妻の口からその言葉を聞かされたとき、七生の中でずっと引っかかっていた何かが落ちるところへ落ちた気がして、途端に涙がとめどなく溢れでてきたのだ。ようやく泣けた自分に、七生自身が一番安堵していたのかもしれない。

そして、優しい笑顔の吾妻の手が七生の頬を軽く叩き、こぼれ落ちる涙を拭ってくれた。あの温もりをもう一度感じたい。だから、七生は吾妻に会いにいくことを決めたのだ。

「おーい、吾妻さん、お客さんだよ」

都内と東北地方を繋ぐ便を多く抱えているそのトラック運送会社は、東京の隣県に事務所を構えていた。事務所といっても、最寄り駅からはバス便もないような僻地《へきち》に建てたプレハブ小屋で運営している有限会社だ。それでも、雇っている従業員は五名、それ以外にも臨時で声をかけるドライバーも数名抱えていて、経営状態はそう悪くもないらしい。

呼ばれた吾妻はちょうど三陸から福島を回って戻ってきたばかりだと聞かされていたとおり、疲れた顔で黒板に書かれた自分の名前の下に「帰社」のマグネットを貼りつけていた。

「客？　俺にか？　クレームもらうような真似はしてねぇけどな」

かったるそうに言いながら、プレハブ小屋の片隅にある安っぽい応接セットのところへやってくる。作業着に安全靴、額にはタオルを巻きつけて相変わらずの様子だ。冬になってボアのついた厚手のジャンパーを着ているが、どこに行こうとそのスタイルが彼のユニフォームのようなものだと微かな笑みが漏れる。

「どこのどなたさんだ。わざわざ訪ねて……」

事務所の社長や経理の人間ならともかく、従業員を訪ねてくる客など滅多にいないのか、吾妻が頭のタオルをはずして手の汚れを拭きながら言いかけたときだ。

「お久しぶりです。お元気そうで何よりです」

七生が応接セットのソファから立ち上がって会釈をした。吾妻はその姿を見て、柄にもなく目を見開いて驚きを隠せずにいる。この男にこういう顔をさせるのは、なかなか気持ちのいいものだ。

「おまえ……」

「まさか忘れてはいませんよね？」

にっこりと笑顔で言うと、吾妻はゴクリと口腔の生唾を嚥下《えんか》している。さすがの彼もこのタイミングで七生が自分の新しい職場に現れるのは、まったく予期していなかったらしい。

「どうやって見つけた？」

吾妻は挨拶の言葉もなく、なぜか不機嫌そうな表情になってそう訊いた。でも、本当に不機嫌になっているわけではないと知っている。油断していて驚かされたことが気まずいだけだ。もうそれくらいの吾妻の表情はちゃんと読み取れる。

「簡単でしたよ。まずは関西に行って、ドヤ街で前回顔見知りになった方たちに聞いて回り、その後は都内に戻って『コトブキ荘』にも行って、東北にいるという噂を聞いて三陸地方に行ったらトラックに荷を積んで福島に行ったと聞かされて、そこでここの事務所で働いていることを知りました」

笑って簡単だったと言ったけれど、もちろん多分に嫌味が入っている。人のことを「愛しい、愛しい」と散々言っておきながら、そのままどこかへ去ってしまった男を探し出すのにはそれなりの労力と金を使った。おかげで、残り少ない両親の保険金がまた目減りしてしまった。

なので、もう逃がすつもりはない。七生は吾妻に向かって笑顔のまま言葉を続ける。

「関西のドヤ街の手配師連中が困っていましたよ。吾妻さんがいないと、まとまる話もまとまらないってね。それから『コトブキ荘』のお婆さんですが、お爺さんのところへ行く前にもう一度会いにこいと言っていました。できたら看取れってね。それから、三陸では新しいお知り合いですか、田所《たどころ》さんという方から伝言がありまして……」

つらつらとここに至るまでの伝言を言う七生に、吾妻が片手を上げて「もういい」とばかり合図をして寄こす。そして、少しばかり大仰な溜息をついてみせる。

「いい子になってお日様の下で暮らせと言ったはずだぞ。それなのに、なんでわざわざ俺を探し出している？」

「べつに不穏な目的のためじゃありません。もちろん、クレームを言いにきたわけでもありません」

「当たり前だ。おまえは俺の客じゃねぇ」

相変わらずぶっきらぼうな態度だが、その乱暴な口調さえ懐かしい。たくましい体も変わっていない。彫りが深く端正なのに無精髭を生やしたままで構っていない顔も、どこにいてもやたら眼光が鋭いところも何もかもが吾妻だと七生を安堵させる。

彼が七生に教えてくれたことはいくつもある。自分が傷ついた分だけ誰かを傷つけても、けっして幸せにはなれないこと。辛い思いを呑み込んだほど、人は強くなれること。人生で置き忘れてきたものは、いつでも取りに戻れること。でも、七生はもっと知りたいことがある。

「客じゃなければ、きちゃいけませんか?」

「なんでこなけりゃならないんだ?」

七生がもっと知りたいこと。それは吾妻自身のことだ。彼という男をもっと知りたい。彼という男のそばにいる自分を知りたい。二人で見る未来はあるのかどうか確かめたい。だから、七生は笑顔で答えるのだった。

「会いたかったから。ただ、愛しいと思う人に会いたかったから……」

あとがき

ルチル文庫では初めてお目にかかります。水原と申します。

癒し系のさわやかなラインアップの中に、失礼をしましてちょっとだけドス黒いものが通りますよ。でも、世の中には「黒より暗い闇」がありますから、この程度ならまだまだ薄墨色と思っていただければ幸いです。

ちなみに、今回は一般的に使用を控えるべきとされる言葉が出てくるシーンが多々ありまして、極力柔らかい表現でもってなおかつ雰囲気を理解してもらおうと努力したつもりです。編集部のお力も借りて、ギリギリのラインでほぼ通していただきましたが、あくまでもフィクションですので諸々含めて勘弁していただけると助かります。

また、今回の挿絵は奈良千春先生が描いてくださいました。まさにイメージどおりの七生と吾妻の姿であり、素晴しい絵とともに水原のルチルデビューを最高の形で飾っていただき心より感謝いたします。多忙を極めるスケジュールの中、本当にありがとうございました。

さて、基本はかように「ドス黒い」話がやや多めかと思いますが、たまにはインジケーターの針が逆方向に振れることもあります。そういうときは、かなり緩めの「ヘナチョコ野郎」を書くこともあります。なので、「黒い奴」と認定後も、今後何かの機会に他の作品もチラチラとチェックしていただければ嬉しく思います。

そして、その中で試しても大丈夫そうなものがあれば、お手に取っていただければなお嬉しいです。ただし、作品によってはさらに「ドス黒い」ものが混じっている可能性も否めないので、その点だけはご注意いただけるようお願いいたします。

わたくしごととなりますが、この作品が店頭に並ぶ頃にはいつものように避暑を兼ねて日本を脱出している予定です。近頃は旅に出るときしみじみ思うのですが、人間というのは何もなければないなりに、どうとでもなるのだなぁということです。

というわけで、わたしは歳を重ねるごとに荷物が小さくなっていくのですが、ときおり一緒に旅に出る友人は正反対です。歳を重ねるごとに荷物が増えていく。彼女いわく、「着るか着ないかわからなくても、お気に入りは全部持っていくの。そうやって旅先でコーディネイトを存分に楽しむのが大人の旅の醍醐味」だそうです。なかなか優雅な考えだと思います。

ちなみに、彼女の愛用のスーツケースは、体育座りしたわたしが楽に収納できるサイズ。もはや「箪笥」ですが、彼女に言わせるとわたしのスーツケースは「小さいみかん箱」だそうです。というわけで、今年も「みかん箱」を引きずってちょっと出かけてきます。

もちろん、旅先では次作を書いてきます。その作品が書店に並ぶ日まで、皆様お元気で夏をお過ごしください。

二〇一三年　六月　　　　　　　　　　　　　　　　　　水原とほる

✦初出　太陽をなくした街……………書き下ろし

水原とほる先生、奈良千春先生へのお便り、本作品に関するご意見、ご感想などは
〒151-0051 東京都渋谷区千駄ヶ谷 4-9-7
幻冬舎コミックス　ルチル文庫「太陽をなくした街」係まで。

幻冬舎ルチル文庫

太陽をなくした街

2013年7月20日　　第1刷発行

✦著者	水原とほる　みずはら とほる
✦発行人	伊藤嘉彦
✦発行元	株式会社 幻冬舎コミックス 〒151-0051 東京都渋谷区千駄ヶ谷 4-9-7 電話 03(5411)6431 [編集]
✦発売元	株式会社 幻冬舎 〒151-0051 東京都渋谷区千駄ヶ谷 4-9-7 電話 03(5411)6222 [営業] 振替 00120-8-767643
✦印刷・製本所	中央精版印刷株式会社

✦検印廃止

ISBN978-4-344-82883-4　C0193　Printed in Japan

「幻冬舎ルチル文庫」

大好評発売中

「トリガー・ハッピー3」

崎谷はるひ

イラスト▼冬乃郁也

可愛いのに凶暴な高校生・羽田義経は、神奈川県警の美形刑事・片桐庸と恋に落ち、幸せで甘々な毎日を送っている。片桐の自宅でのスパルタ教育のおかげで、期末テストで大幅に成績アップとなった義経。喜んだ義経の両親が片桐を夕飯に招く。両親の前で好青年ぶりを発揮する片桐は、こたつで鍋をつつきながら、義経を刺激してきて……!?

600円（本体価格571円）

「黄昏のスナイパー　慰めの代償」

愁堂れな

イラスト▼奈良千春

ルポライター・麻生の付き添いとして、彼の父が療養中の軽井沢の別荘に向かった探偵・大牙。麻生はゲイであることがバレて実家の麻生コンツェルンを勘当されたため、弟の薫とは折り合いが悪かった。別荘には脅迫状が届いており、薫が雇った「探偵」だという男と会った大牙は衝撃を受ける。その顔はどう見ても大牙と身体の関係がある殺し屋・華門で!?

560円（本体価格533円）

発行●幻冬舎コミックス　発売●幻冬舎